SHANGHAI LITERATURE & ART PUBLISHING GROUP

故事会
精品系列

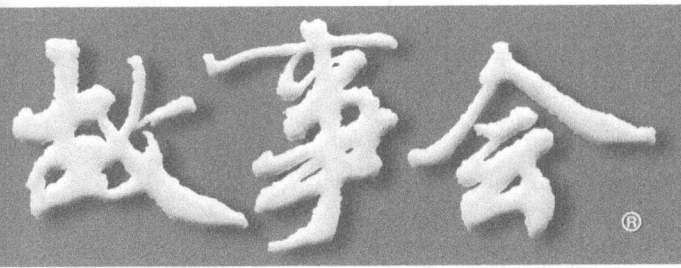

聪明人故事

I0517184

上海锦绣文章出版社
上海故事会文化传媒有限公司

上海文艺出版（集团）有限公司

图书在版编目（CIP）数据

聪明人故事《故事会》编辑部编 – 上海：上海锦绣文章出版社
（故事会精品系列） ISBN 978-7-5321-1617-1

Ⅰ．①聪…Ⅱ．①故…Ⅲ．①故事 作品集 中国 当代 Ⅳ．I247.8

中国版本图书馆 CIP 数据核字 (2003) 第 012190 号

丛 书 名：故事会精品系列

书 名：聪明人故事

主 编：何承伟

编 委：何承伟 吴 伦 姚自豪 夏一鸣

责任编辑：刘迎曦 鲍 放

装帧设计：王 伟

责任督印：张 凯

出 版： 上海锦绣文章出版社

 上海故事会文化传媒有限公司

POD 海外发行： 中国图书进出口上海公司

 电话：021-36357888

 传真：021-36357896

 地址：上海市虹口区广中路 88 号

 邮编：200083

目　　录

棋 高 一 着

　　大胆的见解就好比下棋时移动一个棋子：它可能被吃掉，但它却是胜局的起点。

　　从前,有一个名叫李自满的青年,爱好下象棋。他的棋艺高超,方圆几十里没有一个是他的对手,他便自认为天底下没有比自己棋艺更高的人了,于是就在大门上贴了一副对联。上联是"南来的让车",下联是"北来的让马",横批是"天下第一"。

　　一天,有一个白胡子老头骑着毛驴从门口路过,他看了看门上的对联,不由轻轻一笑,从驴背上跳下来,"笃笃笃"敲了几下门。

　　李自满闻声开门,见是个陌生老人,便问:"这位老者,来寒舍有何贵干?"

　　老人指着门联说:"从这副门联上看,得知你棋艺不凡,老朽也喜欢下棋,想来领教一番,不知肯赏脸否?"

李自满听说有人要和他下棋,高兴得忙替老人把驴拴在院内一棵树上,把老人请到家中,在一张方桌前坐下。他沏了杯好茶,递给老人,然后边摆棋子边问:"你是南来的,还是北来的?"

老人说:"南来的。"

李自满从摆好的棋子里拿出一个"车",说:"那好,我让你一个'车'。"

老人放下茶杯,理着胡子问:"咱来赌不?"

李自满说:"下棋不来赌,有啥意思! 这样吧,咱二十块银元下一盘,你看怎样?"

"行!"老人答应着,便走开了棋子。

没走几步,老人就输了。李自满撇着嘴说:"棋艺这般低劣,也敢来与我较量,真不知天高地厚。快快把钱留下,回家哄你孙子玩去吧!"

老人也不恼火,赔着笑脸说:"老朽本是个穷汉,身上也没带那么多钱。这样吧,我那头驴还能值几十块银元,就用它顶了吧!"

李自满一听,忙起身走到毛驴跟前,仔细打量了一番,见那毛驴骠头圆肚,牵到街上至少也能卖三十块银元,就满口答应了。

送走了老人,李自满得意洋洋地牵着毛驴来到河边,替毛驴洗刷了一下身子,又牵回家,用好料喂着,准备留着推磨用。

过了几天,那个老人又来了。一进门,他先掏出二十块银元,放在桌子上,随后说:"上次俺输给你一头毛驴,也不知你是怎样赢俺的。这回咱再来,俺若输了,这二十块银元归你;俺若赢了,也不要你别的,把那头毛驴再还给俺。你看怎样?"

李自满看着老人那认真的样子,不觉好笑。心想:这人也真够犟的,输掉了毛驴还不死心,还想倾家荡产呀? 也罢,俺再赢他一盘,免得他说俺是侥幸赢了一盘。于是,他便摆上棋子,从中取出个"车",说:"这回我还让你个'车',你先走吧!"

老人把那个"车"又摆到棋盘上,说:"光叫你让子儿也没意思,咱就这样走吧!"

李自满冷笑了一声,心不在焉地走起了棋子。谁知,没走几步,就输给了老人。

老人笑着收起桌上的银元,起身走到毛驴跟前,牵着毛驴就要走。

李自满觉得这棋输得奇怪,便喊住老人,问:"老人家,你的棋艺这么高,为何上次却输给我了呢?"

老人笑着说:"俺一个人出门在外做买卖,带着毛驴不方便,想找个人先给喂几天,就送你家来了。"说完,便牵着毛驴走了。

李自满站在门口愣了半天,才恍然大悟,不由自言自语道:"人外有人,天外有天呀!"

(靖一民　搜集整理)

搓
绳

有一次，国王帕雅召勐上了艾苏、艾西兄弟俩的当，恼羞成怒，又气又恨，两天吃不下饭。

这时，有个大臣给他出了一个主意，说："尊敬的帕雅召勐，您何必为那两个穷小子怄气，影响贵体呢？下官有一个妙计，保险能把他们难倒。"

帕雅召勐高兴地问："是什么妙计呀？快说出来听听。"

大臣说："只要限他们兄弟俩在一天之内，用草灰搓成一根粗绳子，并且规定它的长度，能沿着您宫殿的墙脚绕一圈，这样一定会把他们难住，因为用草灰是无论如何也搓不成绳子的。这样一来，他们就得认输。您就叫他们沿着宫殿的墙脚磕头一圈，好好杀一杀他们的威风。"

"妙! 妙! 这个主意妙极了!"

第二天,帕雅召勐把艾苏、艾西叫来,用讥讽和得意的口气对他们说:"你们俩今晚用草灰搓成一根粗绳子,明天一早用这根绳子沿着我宫殿的墙脚绕一圈。要是明天早上拿不出来,你们可得沿着我宫殿的墙脚磕头一圈。"

谁知艾苏、艾西一点儿也没有被难住,同声回答说:"多谢帕雅召勐对我们的器重!"说完,便走出了宫殿。

回到家里,兄弟俩用稻草搓了一根长长的草绳。到下半夜,他们悄悄地来到宫殿墙外,把搓好的稻草绳顺着墙根绕了一圈,然后用火把草绳的两头点着。稻草本来就很干燥,经过人工揉搓后,就更容易着火了,火从草绳的两头燃起,最后在中间"会师"。

天亮了,帕雅召勐见他的宫殿墙脚下确实绕着一根用草灰搓成的粗绳子,他皱起眉头,垂头丧气地说:"又输了! 又输了!"

(艾温扁　吴　军　翻译整理)

绝招

据说宋朝末年，我国就与各国开始海上贸易。上海最早的贸易港口之一，叫立镇于县，也就是现在的奉贤县，当时受松江府管辖。通过海路进出口的货物已达数百种，其中出口最多的是早已闻名海外的中国瓷器，进口最多的就是当时称为"花番布"的印花洋布。松江府还为此专门设置了一个检验进出口货物的官职，叫"市舶官"。

第一任市舶官走马上任，就面临着一个棘手问题。原来，当时有个最大的洋商，名叫爱提斯，是个狡诈之徒。那时漂洋过海的全是木船，千里迢迢，难免遇到风浪，船要进水，而布一旦浸了水就要发脆。爱提斯欺中国没有检验仪器，每逢船舱进水，就在未到达上海之前，停在沿海的隐蔽岛屿上，雇人将受潮的洋布晒干整理,然后再进港。对这种布,单靠肉眼根本无法分辨,只能照数收下。

我国出口的瓷器,尽管用稻草扎、竹篓装,可是经过长途跋涉、海上颠簸,到了国外还是破碎严重,剔除破碎不算,因数量交货不足,还要被罚款。

市舶官眼看着白花花的银子流入洋人的口袋里,心痛呀!他觉得上有负朝廷,下对不起商人、百姓,所以终日茶饭无心,苦苦思索。他想呀想呀,终于想出了一个办法。

这天,那个爱提斯又运了大批洋布到达港口。市舶官断定其中一定混进不少受海水浸过的布,但他不动声色,立刻发出请帖,在知府大堂欢宴中外布商。

应邀的中外商人来到灯烛辉煌的知府大堂。待宾客坐定后,市舶官下令上菜。但端上来的,既不是山珍海味,也不是熊掌凤肝,而是每人面前放一只洁白的空瓷盆。大家正在纳闷,只见市舶官请人取出一匹洋布,先请赴宴商客验明布上印记,然后当场将布剪成豆腐干大小,在每人盆中放上几块。待放好后,市舶官拱手说道:"今天没有什么菜肴宴请诸位,就请尝尝爱提斯先生进口的洋布。"说着,从盆中取了一块布,放在口中嚼了起来。众商人不得不跟着,也把布放在口中咀嚼起来。原来市舶官是当众检验洋布。

这时,市舶官问大家:"味道怎样?"大家异口同声地说:"满口咸味!"只有爱提斯说他尝不出什么味道来。市舶官说:"那好!"又命人当众抬出一口大锅,放在熊熊火炉上,注入清水,然后把刚才那匹洋布剪下一段在锅中煮了一会,取出布匹,接着又命人在每人席前送上一碗热气腾腾的豆浆。市舶官先让众人尝豆浆,淡而无味;再命人将锅中煮布的水舀在每人的豆浆中,那碗中的豆浆顿时凝成豆花。市舶官问爱提斯:"爱提斯先生,你还有何话可说?"爱提斯一脸尴尬,只得当众承认部分布匹确实被海水浸蚀,同意退货赔款。

市舶官虽然初战告捷,但接着又想到:"点卤凝浆"的办法只能检验布匹是否受海水浸蚀,如果船只在长江口遇上风浪,就难检验了。他想来想去,想不出个好办法,就到各艘船上实地考察。

一天,他在一艘船上捡到一粒绿豆,顿时心里一动,喜上眉梢,立刻把绿豆带回府里,再次召请各洋商,向他们宣布说:"今后凡进口洋布,必须同时进口质量干燥的绿豆,而且在装载时必须一行布匹、一行绿豆相隔置放,船抵港后,先验舱,后起货,否则布匹一律拒收。"洋商们一听这个怪规定,迷惑不解。爱提斯不觉肚中暗暗好笑:你中国人这是用的什么妙计,还能瞒得了我? 上次失着,算被你占了便宜,嘿,以后休想!

时间过得飞快,一晃到了来年九月十五日,爱提斯的货船又到了。市舶官亲临船舱检验,果然按官府要求,一行洋布、一行绿豆,装得整整齐齐。于是市舶官同意启舱,并约定仍在知府大堂相验。

到检验那天,知府大堂内中外商人云集,大堂外面还来了不少看热闹的老百姓。待人员到齐,市舶官登堂问道:"爱提斯先生,你这次货船可曾进水?"爱提斯用手在胸前划了个十字,说:"靠上帝保佑,这次风平浪静,船舱里滴水未进!"市舶官又问:"别人的船都在八月底进港,你为何九月十五才到?"爱提斯说:"因装货船迟开了几天,所以到得晚了!"这时,市舶官从座位上站了起来,说:"你不是说这次途中风平浪静? 我们中国有句谚语,叫'三月三,九月九,行人莫从江边走'。今年的九月初九,长江口风浪特别大,你的船在哪里?"这一问,问得爱提斯张口结舌。

这时,市舶官叫衙役抬出一麻袋绿豆,先请爱提斯验明封口和印记,然后当众倒出,其中有一些已经发芽。市舶官捡出当中最长的一根芽儿，说："根据这根豆芽推测，正是九月初九进的水，你将进水布匹做了手脚，所以别人的船都赶在重阳之前到达，唯有你的船耽搁到月半才到。"爱提斯不由心中纳闷，上次市舶官提出装要一行布匹、一行绿豆置放，他就猜透市舶官想用"绿豆遇水要发芽"来检验布匹是否受潮。这次装来的绿豆，他事先全蒸过晒干，怎么会发芽呢？于是要求再抽验一包，但还是发现有少数发芽。他懊悔没把绿豆蒸透，但又不能明说，只得乖乖地折价赔款。

爱提斯两次耍奸，均被拆穿，心想：我来一个失之东隅，收之桑榆。于是向市舶官提出：从严检验布匹，理所当然，但你们出口瓷器也要加倍检验，如果到了大洋彼岸，以碎次充好，也要加倍罚款。市舶官满口应允。

爱提斯把一船瓷器运到本国后，也大张旗鼓地邀请各国商人一起检验，还特地请了一班乐队，大吹大擂，企图报"绿豆芽"之仇。谁知检验下来，不要说瓷盆，连一个碟子都没有碎，气得爱提斯差一点当场昏厥。

咋回事呢？原来市舶官早已料到爱提斯会在瓷器上做文章，因此在瓷器出口装船之前，除了按过去原样包装以外，还命人在空隙处放进绿豆，然后洒上少量清水，将盖子盖上，包装得与以往一模一样。这样，在运输途中，绿豆缓缓发芽，而绿豆芽又无孔不入，几乎将篓中所有空隙处全部填满，任凭途中风浪颠簸，瓷器有了这样软硬适中的"绿豆芽"保护，安全无损。

从此，市舶官巧用绿豆芽检验进口洋布、保护出口瓷器的绝招名扬中外。

（庄良勤　搜集整理）

胡子长者

　　很早以前，日本有个聪明的孩子，叫彦一。他住的村里，有个叫长兵卫的很有钱的老头儿，在他的下巴上长着足有五十厘米长的胡子。长兵卫早就在村民们面前大吹大擂地说："我的胡子全日本第一长。"如果有人称赞他的胡子，不管是谁，他都要请到家里款待一番。

　　有一天晚上，彦一来串门，他看见长兵卫正给两个素不相识的客人供吃喝，格外殷勤地招待他们，便故意问："长兵卫爷爷，这是怎么回事？"

　　长兵卫喜形于色地回答说："彦一，替我高兴吧！这两位是伊势国（现在的三重县）胡子长者的使者。胡子长者名副其实地留有很长的胡子，他在一年前去世的时候，为了答谢在世时作为胡子长者而受到的尊敬,留下了这样的遗嘱:我死后,寻找全日本胡子最长的人,向他赠送黄金一千两。于是这两位客人周游全国,到处寻找,最后终于发现了我。明天,我将和客人们一起到伊势国去,接受那个胡子长者一千两黄金的遗赠。"

"嗬,这可是大喜大庆的事啊!"

彦一煞有介事地随声附和着,自己也跟着吃了个饱。客人们酩酊大醉了,他就把长兵卫叫到旁边屋里,悄悄地问:"长兵卫爷爷,您在夜里睡觉的时候,是把胡子放在被子外边睡呢,还是放在里边睡呢?"

"彦一,问这干什么?"

"爷爷,老实说,刚才我上厕所的时候,偶然间听到了两位客人的谈话,他们说,这也是长者的遗嘱,在赠给黄金之前,先问问睡觉时胡子是放进去还是拿出来,没有正确的回答就不让赠送黄金。可这是秘密啊,所以也没法告诉好心的主人,但愿回答得正确才好——他们是这样议论来着。"

"什么? 这一点没问题,我能回答。自己的胡子嘛……"

长兵卫毫不犹豫地信口说了出来。但是,当他躺在床上的时候,才觉得这个问题从来未曾考虑过,所以怎样冥思苦想,也弄不明白究竟哪个对。那就试试看吧! 他想把胡子放进被子里边睡,可觉得好像总是喘不上气来,当然就睡不着了,于是就又把胡子放在被子外边睡,可肩膀凉得又无法入睡。

"这可真叫人为难啊!"

长兵卫连瞌睡都没打,一会儿把胡子放进被里,一会儿又拿出来,就这样忙里忙外的。这时候,已经夜深人静了,不知从哪里传来了"咯吱咯吱"走路的声音。

"咳,这个时候,是谁呢?"

他抬头一看,有两个可疑的人影映在拉窗上。他感到很奇怪,便悄悄从床上爬起来,跟在两人的后边。只见那人影悄悄靠近仓库门前,开始弄坏门上的锁头。长兵卫大吃一惊,大声喊道:"小偷! 有小偷!"

被他的喊声惊醒的佣人们纷纷爬了起来,四下一围拢,就把小偷给抓住了,原来就是那两个胡子长者的使者。

天一亮,彦一笑嘻嘻地来了。

"长兵卫爷爷,胡子的事弄明白了吗?"

"嘿,彦一,别提什么胡子啦,那两个客人是小偷!"

"什么? 那么偷去什么了吗?"

"没有。昨晚一心想着胡子究竟是放进被子里边还是放在外边,始终没能入睡,所以很快就发现了小偷,什么也没丢。但是,彦一,那两个小偷也真傻,要是没说胡子放里放外的事,我准定睡过去了。"

"哈哈哈……爷爷,那个话是我编出来的。我觉得那帮家伙可疑,为了不让您睡觉,所以才编了那一套话。"

"哎呀,是这样啊! 不过,你怎么注意到那些人是小偷呢?"

"那个嘛,长兵卫爷爷,因为您的胡子不是全日本最长的,我在街上看到过有胡子比您长的。不管是什么事,自以为天下第一而自高自大,势必要像这次这样受人家的骗,上人家的当。"

彦一的这一番话使长兵卫深受感动,从此,他再也不夸耀自己的胡子啦。

(阎 瑞 等编译)

飞
行
术

　　城里王爷的侍童们绞尽脑汁,终于想出了一道足可难倒彦
一的难题。于是,他们把这个事禀告王爷。

　　王爷一听,点点头,说:"嗯,很有意思,彦一再聪明,这回也
只好服输了!"

　　王爷马上给彦一写了一封信,派侍童领班右门送到彦一家
去。

　　"怎么样?"右门得意洋洋地对彦一说,"彦一,你按王爷吩咐
的那样,明天进城吗? 现在就给我答复!"

　　"嗯,这、这是……"

　　聪明的彦一支支吾吾,一时说不上话来。这也不奇怪,因为
王爷的信里是这样写的:

　　因你常常以智慧立功,故此特赏给你十两金子。请于明日午后三点到城里报到,路上不许骑马和牛,不许叫别人背,不许坐轿,不许乘船与车,不许两脚挨地,从你们村庄到城里不许拐弯,照直走来!

　　这真是未曾见过的难题,亏王爷想得出!但是好胜心强的彦一想了不一会儿,就微微一笑,回答道:"好的,明天我一定遵嘱到城里去。"

　　终于到了第二天下午三点。

　　"彦一那小子,虽然嘴硬,可他毕竟没有飞鸟的本领,这回肯定要认输了,哈哈!他现在大概正在请求村长来替他谢罪呢!"王爷和侍童们正在这样说笑的时候,谁知彦一跟着引路的侍卫,高高兴兴地出现在大家面前!

　　王爷十分惊奇:"噢,彦一,来得正好。可是,你按要求做了吗?"

　　彦一微笑着说:"我从来就是按您的吩咐做的,说一不二!"

　　"嗯……右门,你问一问吧!"

　　"是!"

　　右门走到彦一的面前。

　　"彦一,先问问你,从你们村不拐弯,笔直地要到城里,中间有河又有沟,连个桥也没有,你是怎样渡过来的?"

　　"我渡过的地方有非常漂亮的桥。"

　　"别说谎!"

　　"那么,右门!请问世上把那些不走正道、搞不正当勾当的人说成是搞邪门歪道,这是什么原因呢?"

　　"那是因为那些人不走正直的人应该走的正道,所以才那么说呗!"

"哈哈,那么要正直地度过人生,就不应该离开正道吧?因此,我彦一把不离开正道认为是照直走,就顺着路来了。"

"嗯,好,说得好!"王爷不禁发出一声赞叹。

右门焦躁地紧逼:"彦一,那么再问一句。不骑牛马,不让人背,不乘轿、船、车,两脚不挨地地走,就除非在空中飞,别无他法。难道你会飞行术吗?"

彦一笑眯眯地说:"右门,在我们村里,这点子事啊,连三岁小孩也都会!"

"胡说八道!"

"哈哈哈……那么我在这里给你们表演飞行术吧。"

说罢,彦一站了起来。大家瞪大眼睛想:难道彦一真会飞行术吗?

彦一在大家面前以平常的步子开始不紧不慢地到处走动着。但他的身体始终也不腾空。

"喂,彦一,要飞就快点飞起来吧!"右门等得不耐烦了,大声说道。

彦一却慢条斯理地回答说:"你还不明白啊?我现在就是按王爷的要求走呢!"

"啊?"

"请你好好看看,我没骑牛马,没坐轿,没叫人背,也没有乘船和车。而且,你看,右脚着地左脚起步,左脚着地右脚抬起来……挨地的始终是一只脚,从来也没有两只脚一起着地啊!"

"哎哟,真、真是的……"

王爷和侍童们大张着嘴,好半天也没有合拢。

(阎 瑞等 编译)

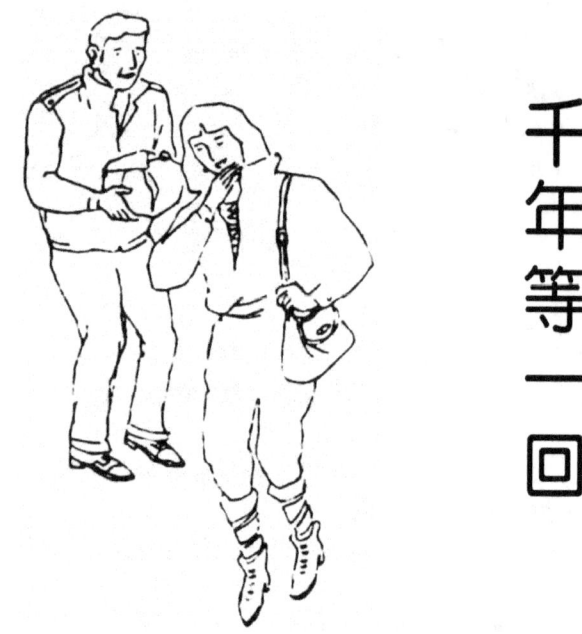

千年等一回

　　阳春三月，风和日丽，一辆开往风景区去的公共汽车，正沿着弯弯曲曲的盘山公路向前行驶。车内坐着一位年轻人，他叫华光，今天借出差的机会，顺便到风景区游览。

　　在华光身后，靠窗口坐着一位妙龄女郎，长得十分漂亮，穿着也十分富贵，华光心里说：我的妈呀，我华光走南闯北跑过不少地方，还没见过如此美貌的女郎哩！能跟这位女郎交个朋友，提茶端饭伺候她一辈子都心甘情愿。华光忍不住不停地回头朝后看，开始女郎没在意，看得多了，被女郎察觉了，女郎脸红了一下，很难为情地把脸扭向了车窗外。

　　到终点以后，女郎下了汽车，她手里拎着一只暗红色的手提包，独自朝山上风景区走去，华光尾随其后。走出不远，女郎回头向后看了一眼,正好跟华光的目光相遇,女郎朝他笑了笑。女郎这一笑,差一点没把华光激动休克了,华光心里美滋滋的,就更大胆地在女郎身后穷追不舍。

转了两个多小时,女郎来到卖吃食的小摊上,买了包五香瓜子,华光也掏出零钱去买瓜子。当他买好瓜子转过身来的时候,发现女郎不见了,他赶紧东张西望地找。大约等了十分钟,女郎从一片树林里出来了,怀里抱着一包东西,笑眯眯地问华光:"先生,下午下山吗?"华光急忙回答:"下山,下山的。小姐也下山吗?"女郎说:"我也下山,请先生帮我拿一下东西好吗?"华光高兴得不知说啥好了:"可以,可以,愿意为小姐效劳!"女郎把抱着的东西交给华光,说:"先生抱好,这东西好沉哩,我费了好大劲才弄到的,先生站这里别走开,我去去就来。"华光双手抱着那东西,说:"小姐放心去吧,你不来我决不会走开的。"女郎高兴地说:"这我就放心了。"说完,朝寺院的方向走去。

女郎走后,华光才仔细看了看怀里的东西:圆圆的,有篮球那么大,外面包了层塑料纸,沉甸甸的大约有二十多斤重。他心里暗想:女郎既然让我帮她拿东西,说明她对我已经有意思了。这样想着,嘴里就哼起歌来。他哼的是香港电视剧《新白娘子传奇》的插曲,他只记得一句:千年等一回。哼了大约有十分钟,女郎还没来;又等了十分钟,还没见女郎来。他觉得俩胳膊抱得酸疼,但还是坚持着,舍不得放下。

就这样,一直等了一个多小时,华光累得满头大汗,仍不见女郎的影子。再过十分钟,下山的最后一班公共汽车就要开走了,没办法,他只好把东西很小心地放到地上,轻轻解开外面的塑料纸,里面包着一层报纸;打开报纸,里边还有一层报纸;一连打开四层报纸,才看见是块圆溜溜的大石头,石头上贴着张纸条,纸条上写着八个字:我就不信甩不掉你!

(孙建英)

捡便宜

　　小毛头其实年龄并不小,今年已经三十岁了,只不过因为个子长得小,所以还没有哪个姑娘看上他。小毛头心里急得火烧火燎,好不容易在城里工作的大姐给他介绍了一个姑娘,今天约他进城去相亲。小毛头心里甭提多高兴了,他先到烟酒店给未来的岳父买了两瓶高档酒,又到水果行给未来的丈母娘买了五斤苹果,接着再到首饰铺给自己的那个挑了一条时下流行的包金项链,算算剩下的钱,正好够来回盘缠。

　　于是,小毛头喜滋滋地上了长途汽车,他挑了个两人座,自己靠窗,把那只装着相亲礼品的大包包搁在旁边的位子上,然后就低下头,假装打起了呼噜。

　　这时候,乘客们正陆陆续续上车,很快位子都坐满了,过道上也站了人。有人看到小毛头占的那个放包包的空位子,想把他的包移开,可看他那副故意装睡的样子,知道这个人不好惹,话到嘴边又缩了回去。

有个乡下老头不买账,从车门口挤过来,拍拍小毛头的肩,说:"喂,小老弟,把这只包放下去,让我坐一下吧。"小毛头翻翻眼皮抬起头,斜一眼说话的人,见是个实打实的庄稼汉,鼻子里"哼"了一声,不理睬他。

乡下老头见他这种蛮不讲理的样子,十分气恼,拉开嗓门吼了一声:"你耳聋啦?叫你把包放下去,听不见咋的?"

小毛头见对方也不是那种软泥团,眼珠一转,说:"你瞎嚷嚷什么呀,这儿有人坐了。""人哪?"乡下老头紧追不放。"这个也要你管?"小毛头火了。乡下老头牛脾气也上来了:"是谁?不说出来就是耍滑头。""我老婆。"小毛头灵机一动,随口答道。

这一切,全被挤在车门边的一个姑娘看在眼里,她挤过去,想同小毛头论理,谁知小毛头竟"叭"地把包移到地上,像熟人似的招呼她去坐。小毛头自有小毛头的主意:坐这长途车又不是一时三刻的事,何况今天车上人挤人的,与其给你糟老头子,我还不会挑个姑娘做伴?

可那乡下老头实在看不下去了,气呼呼地责问小毛头:"你刚才不是说这儿有人坐了吗?""咦?"小毛头故意装出一副惊疑的怪相,指指他旁边刚落座的那个姑娘,说:"你这老头是老糊涂了还是眼睛长在裤裆里,这不是人呀?"乡下老头眼一瞪:"你不是说那人是你老婆吗?""哎呀呀,你这老头咋这么啰唆?"小毛头大叫起来,"难道我老婆脸上还要写上'老婆'两个字吗?这不就是……我老婆!"

乡下老头一听,差点气炸了肺,正欲发作,忽觉腿上被那姑娘拧了一把,他一愣,随即明白了。原来这姑娘是他孙女儿,名叫兰兰。这几年,家里靠养牛致富,今儿个趁农闲,爷儿俩进城逛街,上车迟了,没了座位,爷爷怕兰兰受累,看到小毛头这里有一个空座位,便想叫他让出来,没想到平白无故遭这份气受。不过他知道自己这个孙女儿聪明伶俐,点子很多,且看她如何惩罚这小子。于是他瞪了小毛头一眼,不作声了。

这时,售票员挤过来卖票,兰兰嗲声嗲气对小毛头说:"你快买票嘛。"小毛头吓了一大跳:糟糕,这娘们要动真格了,一张票要八十元,还叫自己回来不?可没等他开腔,售票员早撕下两张票递到了他面前。没办法,他只得把包包里仅有的一百六十元钱掏了出来。

小毛头让人捡了便宜,心疼得头上冷汗也冒出来了。突然,他像想起什么似的,有意无意地将地上那个包包往自己座位下移。原来他刚才从包里取钱时忘了拉上拉链,包里的苹果都露了出来。可这一切怎么逃得过兰兰的眼睛,兰兰心里开心得直想笑,她觉得对这样的家伙,不给他点颜色看看,他以后还会去诓别的姑娘。于是,她撒娇似的一边叫道:"渴死了,吃苹果。"一边就弯下腰,伸手从包里掏出两个苹果削起来。她装作漫不经心地瞥了爷爷一眼,突然惊叫起来:"哎哟,舅公,是你呀?你也进城去?"又回过头来对小毛头叫道:"喂,这是俺舅公。"

乡下老头先是一愣,继而马上笑道:"这是你男人?刚才对不起啦。"小毛头这下真是打落门牙往肚里咽,只得赔着笑脸:"是舅公呀,刚才,嘿嘿……"

兰兰干脆把小毛头座椅下那个包拖出来,对爷爷说:"来,舅公,吃苹果。"见包底还有酒,心里更加开心,抓起一瓶塞进爷爷怀里。到了这地步,小毛头叫又叫不得,拦又拦不了,本来绞痛的心呀,此刻像又撒上了一把盐。他见乡下老头张口一个苹果,"滋溜"一口酒,知道用不了半个小时,这包里的东西便会装进他的肚子里,便猴急样的也不顾脸面了,抓起剩下的那瓶酒,就着苹果大喝大嚼起来。兰兰看着小毛头那副狼吞虎咽的样子,忍不住笑出声来,说:"你不能慢一点呀,看把你噎的。"突然她瞥见包底有一条亮晶晶的项链,便也拿出来,戴到了自己脖子上。

这下小毛头真正坐不住了,这项链花去他一个月的工资不说,而且是自己特地买给人家姑娘的见面礼呀,可不能这么一亏再亏,他脑子里飞快地盘算起来。

这时候,看车窗外,天已经黑下来了,有的乘客已经开始埋头呼呼大睡。小毛头悄悄把一只手搭上了兰兰的肩膀:搂着这娘们睡一宿,也不枉扔了那些苹果和酒,至于项链嘛,趁她睡着时再悄悄拿下来也不迟呀。

他这是做梦哩!只见兰兰白了他一眼,说:"你怎么这么不懂事哇?舅公年纪大了,你起来站站,让舅公坐一会儿吧。"小毛头这下真正傻了眼,众目睽睽之下,只得站起来让位,像杨树干一样站在过道里……

事情发展的结果,兰兰当然不会把项链带回家,她爷爷也不会白吃白喝小毛头的东西,至于那张车票,更不会要小毛头出钱啦。只是听人说,小毛头从此乘车不但不敢多占座位,而且更怕姑娘坐在他身边了。

(邹外来)

小偷与姑娘

　　这天,徐四拎着一袋苹果走进一幢公房,爬上五楼,敲响了501室的房门。没敲几下,门就开了,开门的是一个身材丰满、容貌端庄的姑娘,问他找谁。

　　徐四不急不忙地说:"请问,化工厂的袁会计是不是住在这里?"

　　姑娘看了他一眼,说:"哦,你找袁会计? 在,在这里。"

　　一听这话,徐四心里"咯噔"一下。原来,徐四这人不务正业,平时专干扭锁撬门行盗的勾当,每次行动,手里总是拎一份礼品,佯装走亲访友的样子。敲门时,如屋里有人,便假称找人,随后胡编个人名,待对方说没有这人时,他便从容离开,一点不留痕迹;如屋内无人,他便翻箱倒柜,拣需要的拿。不想,眼下他胡编乱造的"化工厂袁会计",此地竟然会真有其人,这真叫芝麻跌进针眼里——巧透了。

徐四不由心慌起来,忙又编了一句:"这袁会计是男的?"

姑娘笑笑说:"当然是男的,还会是女的?"

徐四又说:"年纪有五十多岁了?"

"是啊!"姑娘说,"他是我爸,快进来,快进来。"

这一说,徐四更紧张了,想不到"袁会计"还是她爸,这下怎么办呢?走,显然是不行了,他只好硬着头皮进了门。

姑娘很热情,又倒茶又敬烟,还拿出一盒精美的高级奶糖请他吃。徐四哪有心思吃这个,两只眼睛只顾四下扫,发现屋里就姑娘一人,这才稍稍宽了心,道:"袁会计不在家?"

姑娘说:"出去了,过一会儿就回来。"

一听这话,徐四忙说:"既然袁会计不在,那我就不等了。"

姑娘说:"他很快就会回来的,你坐一会,坐一会。"

徐四想:哪能再坐呢,要是她爸爸回来,岂不露了馅?便起身道:"不等了,不等了,我还有事,改日再来,这些苹果就留给你爸了。"说着,便往门外走。

姑娘跟出来说:"这样吧,我带你去,我爸就在那边理发。"

徐四说:"哦,你爸在理发,那就算了,反正没啥事,不麻烦你了。"

姑娘说:"不碍事,不碍事,我领你去。"反手拉上门,跟徐四下了楼。

徐四没想到姑娘竟会如此热情,想拒绝又怕引起怀疑,只好嘴上说:"也好,也好。"心里却在暗暗盘算如何借机溜走。

姑娘似乎一点没有留意到徐四的异样神情,只顾一边走一边与徐四闲谈,她问徐四是不是她爸的同事,在厂里干什么工作。徐四心不在焉地应付着,两眼一个劲地四下溜,寻找着脱身的机会。

正东张西望，姑娘突然指着一旁说："到了，我爸就在这里。"

徐四抬头一看，脸色大变，原来这里挂着石岭新村派出所的牌子，他拔腿就跑。这时就见姑娘顺势一个"扫堂腿"，把徐四扫了个"狗啃泥"，不等徐四爬起，姑娘又冲上来抱住他的胳膊，往起一拎，把他押进了派出所。

这姑娘叫曾文娟，是市体校武术班的学员。就在上星期，她到市郊南山路姨妈家去玩，她姨妈住的也是公房，上午九点左右，姨妈家的门被人敲响了，曾文娟便去开门，一看，是个男的，手里拎着一盒点心，问他找谁，他说找铸造厂的老沈。曾文娟说："没有这人，找错了。"那人便走了。后来，曾文娟偶然发现那人走进了对面那幢公房。这天中午，她就听说，对面公房里有户人家的门被撬了，家里一千多元现金被盗，失主说，小偷将一只空蛋糕盒留在了她家里。没想到，今天这个贼到她家里来演"戏"了。

一个星期前小偷在市郊作的案，今天到市区来故伎重演，他当然不会想到曾和曾文娟照过面。可曾文娟一眼就认出了他，哪肯轻易放过，便很沉着地将他引到派出所，活捉了这个狡猾的小偷。

（张伟良）

巧设妙局

智慧是美的,因为是创造;而创造
是美的,因为是智慧。

送驴

　　这一年,鲁山县的宋三才子骑着毛驴和同学们一起到汝州考秀才。到了汝州才知道,各个店内早已住满了前来赶考的人。宋三才子一看,住的地方难找不说,三两天又不能回去,毛驴竟成了个大累赘。咋办? 最好是先把毛驴送回去。但叫谁送哩? 找个人吧,不是又要多花钱了吗? 他一时没了主意。

　　这时,只见一家大铺子里走出个人来,此人穿戴讲究,但就是个大脖子,脖子上那个肉瘿疙瘩有半个葫芦那么大。一打听,才知这人就是这家大铺子的吴掌柜,汝州城里有名的"生意精",是个专门算计别人的角色。

　　宋三才子灵机一动,不慌不忙地上前和吴掌柜搭起话来。吴掌柜以为他是买主,急忙把宋三才子让进店里,又敬烟,又泡茶。宋三才子海阔天空地和吴掌柜谈了一会生意经,渐渐地话题一转,说:"吴掌柜,瘿这么大,多不得劲,为啥不找医生治一治呢?"吴掌柜是汝州城里有地位的人,常为长瘿不好看而多方打听治瘿的好医生,现在见宋三才子问,忙说:"咋不想治? 以前也吃过不少药,但就是见效不大。对了,你知道哪里有医生治这症儿见长?"

宋三才子哈哈一笑,说:"别的我不敢乱说,要说治瘿,不瞒你说,我家祖宗三代了,凡经我家治的,从我记事起,还没丢过手儿。"

俗话说:"有病乱求医。"宋三才子说得这么好,吴掌柜哪有不信之理? 立即恳求说:"那,请你给我治一治吧!"

宋三才子拿腔拿调地说:"用药如用兵,这里边可讲究哩!一个药方分着'君、臣、佐、使',体形不同,同是一种病用药就不一样。拿治瘿的药物来说,由十几种成分组成,缺一样也不行……"说到这儿,他故意停了一下。吴掌柜耐不住了:"这药……"宋三才子瞟了他一眼,说:"这药一时在汝州也难弄齐,我家配的有现成的瘿药,不用你花一分钱,只要跑去叫我家老掌柜看一看,取上两三剂,保管一吃就好。"

吴掌柜听了可高兴了。可细一问,宋三才子的老家在鲁山,鲁山离汝州百十里路,人地两生,咋去哩? 吴掌柜发起愁来。宋三才子见时机已到,微微一笑,说:"这样吧,你把我的毛驴骑上,我再给家里写封信,你照信封上的地址去找,保险误不了事。"

吴掌柜一听,心想:虽说是一面之交,可人家心肠这么热,怎能辜负人家一片诚心? 再说,我骑着他的毛驴去鲁山,就只当是游山逛景哩,一来可以治病,二来不用花钱,这事儿真是打着灯笼也难寻啊! 想到这里,吴掌柜忙取过文房四宝,让宋三才子写信……

吴掌柜治病心切,当下带了信,骑上毛驴,就上路了。走啊,走啊,按照信上的地址找到了宋三才子的家。一叫门,出来个老头,也是粗脖子,那个瘿比吴掌柜的还大。吴掌柜心里直犯嘀咕,勉强掏出信递过去。那老头拆开信一看,就叫人把驴牵回家去,随后他把吴掌柜让进屋里,泡上茶,摇头叹息道:"烦你送驴到这里。我儿究属孩子气,瘿疾够累人了,哪有心思与人比下去!"

吴掌柜猜想这老人定是宋三才子的父亲,已凉腰半截,强打精神说明来意。哪知老人一听,说:"我哪会治瘿……"他把信给吴掌柜看,吴掌柜立时傻了眼。原来信上只有两句话:"一来送驴,二来比瘿。"

算计别人的人,也有一天被算计到了自己头上。

(李流柱 搜集整理)

住店

　　在湖南宝庆府南门口,有一家旅店,老板姓崔。说起这个崔老板,为人奸诈,唯利是图,白米饭中掺杂米粘子,一盘肉里尽是碎骨头之类的东西,许多客商与过往行人都不愿进这店门。无奈南门口只有这一家,所以他们不得不在这里投宿。

　　一天,有个过路客商大摇大摆地走进店来,崔老板一看他那架势,知道又有油水可捞,便笑嘻嘻地迎上去,问道:"客家何来?"

　　那客商回答说:"我是武汉来的,后面还有五个伙计,赶着三十多头猪,天气太热,想来贵店打扰,度过中午再走,不知有否拦猪之处?"

　　崔老板一听,来者果然是个大户头,看来今天的油水捞定了,如此良机,不可放过。于是他便讨好地对那客商说:"请坐,请坐,有什么尽管吩咐,敝店尽力而为。"

客商应声道:"店家太客气了。我是领头的,先到这里来定个数,我们五个人共要煮三升米,炒三只鸡,再来两斤半白酒,并请熬四斗米的稀粥,备做猪食。"

"行,行,现在就做。"崔老板要紧招呼老婆煮饭、杀鸡,自己便安上三口大锅,熬起稀粥来。

过不多久,一阵鸡香味儿飘进房来,那客商见自己伙计还没赶到,心里不免着急起来,老是跑到店门口去张望。崔老板一看,忙招呼老婆把饭菜端上来,对那客商说:"客家,饭菜做好了,你就先吃吧,何必一个人在这苦等呢?"

客商想想也是,便说:"也要得,不妨我边吃边在这里等他们。"于是,客商就坐下吃喝起来。

吃着,喝着,他看见崔老板馋涎欲滴地坐在桌边,便大大方方地请崔老板吃。客商说:"店家,你也来喝几杯吧,钱全由我付。"

崔老板巴不得客商这句话哩,假意推辞了几句,便顺水推舟地一起喝了起来。

吃饱喝足了,客商那几个伙计还没赶到,客商沉不住气了,跑到门口望了几回,大路上连个影子也没有。一定坏事儿了!客商哭丧着脸对崔老板说:"店家,帮个忙吧,请你把那三锅粥熬稀烂些,我去接接他们,今晚不走了,就住你这儿了!"说着,又从身上解下一个钱褡子,交给崔老板说:"店家,随身带着也不方便,请帮助照管一下。"

崔老板接过钱褡子,心里乐坏了:你交给我也没说个实数,待会我尽可拿掉一些,看你能拿我怎么样!想到这里,便满口答应道:"要得,你快去接他们吧。"

客商谢过崔老板,三步两步奔出店门。崔老板看着那客商走远了,得意洋洋地拉起老婆回到里屋,提起钱褡子往桌上倒。只听"稀里哗啦"一阵响,崔老板傻眼了,原来倒出来的尽是些扁圆的鹅卵石,里面还夹着一张纸条,上面写道:崔家店,活剥皮,酒掺水,饭糊黏;今日碰上唐惯石,请你尝尝稀粥味。

原来,这客商不是别人,正是大名鼎鼎的唐惯石!唐惯石是个贫家子弟,生性豪爽,最爱仗义执言替人家打抱不平,前天路过此地,听得崔家店如此贪财图利,便存心治崔老板一治,今天此举就是冲着他们来的。这崔老板两口子呢,原以为能捞到大油水,殊不知丢了鸡、赔了米不算,煮稀粥时掺了六斤糖,这一下三锅粥也全完了。两口子一个"我的娘呀"、一个"我的鸡呀"号啕大哭起来。众客商见了,哄堂大笑。

从此,唐惯石的名声更响了!

(邓　旭　搜集整理)

巧戏老骗子

　　广东兴宁县有个叫张知凿的人，这天，他搭船下汕头，在船上碰到一个人。此人身穿长衫，头戴毡帽，嘴上两撇八字胡修得分外引人注目，张知凿一眼就看出此人是个老骗子。果然，老骗子一双贼眼东溜西转，一会就溜到张知凿身上来了。张知凿见了，暗暗骂道：你这个老贼骨，我今天非治治你不可！于是，他故意拿顶竹帽遮着身子，从小皮篓里取出银毫，一五一十地数起来。他的举动马上被老骗子注意上了，老骗子决心要在这个乡巴佬身上做笔生意。

　　很快到了汕头，张知凿在找旅店，一瞅老骗子也尾随而来，他不动声色，来到"韩江客栈"，向掌柜的要了一个单房。办好手续后，他把小皮篓交给掌柜，说："我这皮篓里装有银毫，请你替我保管一下，我去船上接我的父亲去。我曾经告诉过我父亲，说我到了汕头就住你们宝号，万一他不等我去接，自己跑来了，就请你把这皮箧交给他，带他到房间里去。"掌柜的连忙摇手说："这怎么行，我们不认识你的父亲！"张知凿笑道："这不难，我叫张龙，我父亲叫张奇，奇就奇在他的胡子。人家都是两边有胡子的，我父亲却只在左边有胡子，右边因为生过唇癣，胡子都脱光了。你看，这样的奇人，一眼就看得出来，还会认错吗？"掌柜觉得有理，便替他把小皮箧收了起来。

张知凿和掌柜说的话，全被老骗子听得一清二楚，他见张知凿一走，赶紧跑到附近的理发店里，也不管人家同意不同意，拿起剃刀，对着镜子，三刨两刮，把右边的胡子剃个精光，留下左边一撇。理发师傅们以为他是一个疯子，不由哈哈大笑。

老骗子顾不得人家讥笑，急急忙忙跑回"韩江客栈"，对掌柜的说："我叫张奇，我儿子叫张龙，在宝号开了一个房间，请你把那个小皮箧交给我，带我到房里去。"掌柜的望了他一眼，便把小皮箧拿出来。老骗子忙伸手去接，不料掌柜的又望了他一眼，又把小皮箧放回里面去了。掌柜的说道："不对，你不是张龙的父亲！"老骗子笑道："我是张龙的父亲，不会错，你看，我右边没有胡子呢！这是我独有的记号。"掌柜的说道："不错，张龙最初是说他父亲右边没有胡子，但后来又回来更正，说他父亲是左边没有胡子，还说他村子里有个骗子，正是右边没有胡子！哎呀！莫非你是那个——"老骗子知道上当了，一面连声分辩，一面灰溜溜地退出店外去了。

老骗子出了店门，摸摸自己心爱的胡子只剩下一边，心里又痛又气又恼，钱没骗到手，胡子却丢了一边，怎么见人？没办法，只好又跑到理发店里，把左边的胡子也剃掉了。

（石　菊　搜集整理）

长毛狗上学

　　戈登从小游手好闲，又十分蠢，上了好多年学堂，竟然连自己的姓名也不会写。他还是个心毒手狠、贪得无厌的家伙，尤其是对给他家干活的人，苛刻得就甭提了。

　　戈登有一个嗜好，就是爱狗成癖。在他的眼里，一条好狗比一个人要宝贝不知多少倍。在他养的那一大群狗中，他最喜欢一条叫做阿娇的长毛狗儿，爱它简直爱到了发狂的程度，只要一谈起来，就缠着人家喋喋不休地夸耀，说他长了这么大，还没看见过像阿娇这么聪明的狗。

　　戈登家干活的人中，有一个叫马耳提尼的，是个十分聪明的人。有一天，戈登对马耳提尼说："世上要是真有一所供狗读书的学校，我说什么也得把我的阿娇送去上学。"马耳提尼听了，不由灵机一动,决定趁机治一治这个可恶的家伙。他故作惊讶地说:"怎么,你还不知道么,供狗念书的学校早就有了。"

戈登不相信地说:"去你的,哪儿会有这种事?"

马耳提尼说:"当然有喽! 难道你不相信吗? 这件事我可是知道得最清楚不过了,这是我的教父亲口对我说的。我的教父就住在那片森林里,他说,在这所学校里,狗还学说话呢。"

"真的?"戈登兴奋得从椅子上跳了起来,无比惊奇地问,"我说马耳提尼呀,想必你也知道这所学校在什么地方啦?"

"看你说的,闭着眼睛我也能找到那个地方! 可就是远一点儿,去一趟光车钱也得二十个克朗。"

戈登嘴一撇:"二十个克朗算得了什么呀! 你快点儿收拾一下,现在就把我的阿娇送去。对啦,除去路费之外,你另外再带上一百克朗,说不定老师当场就要收学费呢。"

戈登把钱交给马耳提尼,给了他一块又黑又硬的干面包,作路上的干粮。但是对长毛狗阿娇,除了让它饱餐一顿外,还准备了一只烤得喷香的猪腿。

马耳提尼牵着阿娇上路了。他穿过森林,径直来到了他的教父家中。当教父听他讲完这件事情的来龙去脉后,开心得捧腹大笑,连声叫好。

第二天,马耳提尼返回村庄,戈登马上询问事情办得怎样了。

马耳提尼说:"你要是亲眼看见哪,准得拍案叫绝。我们刚一走进学校的大门,阿娇就猛地一蹿,从我手里挣脱出去,自己跑到它的课桌上去了。这个小东西端端正正地坐在小椅子上,根本不用人教,就好像以前曾经去过一样。老师见了,把它好好地夸奖了一阵,高兴地对我说,像我们阿娇这样的学生,只要一年就能学完学校的全部课程。这所狗学校的学费是每个学生每年两百克朗。我已经把那一百交给了老师,等阿娇毕业时,我们得再交一百。"

戈登说："两百？不多，不多！他要真能把我的宝贝教好，五百克朗我也舍得给。我要让全村的人都知道我戈登有什么样的狗，到那个时候，全国，不，全世界的每个角落都会惊动起来，争先恐后地赶来一睹我这罕见的活宝。"戈登说话间一副得意洋洋的神采，可他哪里知道，他交给马耳提尼用作阿娇学费的那一百克朗，早已被马耳提尼的教父分给了当地的穷人。

时间过得很快，转眼快半年了，戈登又把马耳提尼叫来，叫他到学校去看望阿娇。马耳提尼到教父那儿，帮助老人打了三天草。

这三天可把戈登急坏了，他还以为出了什么岔子，急得等在村口，一看到马耳提尼走来，连忙问道："阿娇怎么样了？阿娇身体好吗？它在做些什么？吃饭？睡觉？学习？游戏？怎么样，全都好吗？"

马耳提尼不住嘴地答道："都好，都好，一切都好！我们那个阿娇进步可大啦，老师说它很快就要开始学说话了。"

转眼到了年底，戈登兴高采烈地差遣马耳提尼到学校去接阿娇。临行之前又给了他一百克朗去酬谢老师，二十克朗当作路费，还反复叮嘱他一定要坐车，千万别累坏了阿娇。马耳提尼接过钱，又朝森林的方向走去，三天之后，他空着两手回来了。

戈登一看马耳提尼空着双手回来，急不可耐地问道："阿娇呢？你把阿娇弄到哪儿去了？快说啊！"

马耳提尼显出一副懊丧的神情，说："唉，别提你那个阿娇了，它可把你给挖苦了！这个王八东西确实学会了说话，而且说得真是好极了，你要是坐在旁边听它说起话来呀，怎么也不会相信它是一条狗！可是……可是你可知道它都说了些什么吗？它对学校的人说，你是一个不学无术的吹牛大王，你是一个贪心不足的吸血鬼，你诱骗过你的妹妹，你折磨死了你的父亲，你……

哎呀,别提了,都是这样的事儿,一件接着一件……对啦,它还说它回到家里,要让大伙儿全都知道它学会了说话,它要向全村的人说一说你是怎样一个虚伪下流的无赖。听它当着外人的面说了老爷你这么一大堆坏话,我的肺都要气炸了。你对它那么好,全村的人谁不知道?可它竟然这么没有良心。我实在替你气愤不过,一怒之下就给它脖子上绑了一块石头,一脚把它踢进了河里。"

戈登听马耳提尼说着,脸一会儿红一会儿白,气得又翻白眼又吐白沫,差一点气死过去。直到最后,听到马耳提尼说把狗扔到河里淹死了,才缓过这口气,发疯似的叫了起来:"好!好!马耳提尼,干得好!这个忘恩负义的畜生,怎么能留着它呢,它会使我在全村人面前丢尽面子,一辈子也抬不起头来。好,你真是干得好!"

(杨世杰　编译)

农夫讲故事

　　有个国王,最爱听故事,但每次都要听从未听过的新故事,宫廷里的故事官讲的故事他都不满意。一天,国王宣布:"如果谁能讲出一个我从未听过的故事,我将把公主许配给他,并将半个王国赠给他。"

　　这事一传出,应征者络绎不绝,他们中有公爵、贵族、将官、商人。但当他们刚开口讲了故事的开头,国王便叫道:"听过了,听过了!"于是一个个都被赶走了。

　　有个农夫,这天到酒馆去暖和暖和,卖酒人见他没穿没吃,就取笑他说:"你为什么不去给国王讲个故事?公主一定焦急地等待着你,把双眼都望穿了。"农夫听了这玩笑话,心里想:我不妨去碰碰运气,即使当不了国王的女婿,也可吃上一两天现成的饭菜。

于是他来到王宫。国王问道:"你是来干什么的?"农夫回答:"国王陛下,我是来给你讲故事的,不过要先让我吃饱喝足才行。"

国王打量了他一下,笑了:"嗬!你想当驸马?就凭你这补丁摞补丁的裤子,树皮绳编的鞋子……"但是国王说归说,不过他还是让农夫吃饱喝足,然后召来那班大臣公爵,让农夫开始讲故事。

农夫讲道:"我去世的父母曾是我们这个国家最有钱的富翁,他盖的许多宫殿又高又大,从屋顶上飞起的鸽子能啄到天上的星星。我们家的庭院很大,鸽子用了整整一个夏季,还没能从这个边飞到那个边。"

国王没吭声,大臣们也静静地听着,可这时农夫却说:"今天就讲到这儿,明天吃了午饭再讲吧!"

第二天下午,农夫继续讲故事:"我家一头七岁的公牛站在院子里,一个牧人坐在牛的一个犄角上,另一个牧人坐在牛的另一个犄角上,两个牧人大声说话、吹号角、唱歌,可互相都听不见,连面都见不到。你说我家的这头牛有多大呀!"

国王听着没打断他,大臣们也沉默着。农夫说:"明天我就能把故事讲完,今天该休息了。"

国王对大臣们说:"怎么办呢?这个故事我没有听说过,但又不愿把女儿嫁给这个乡下佬。你们都想想办法,怎么能骗过他呢?"

一个大臣说:"国王陛下,您就说'你讲的这个我都知道',然后我们大家都替您证明,您甚至还可以写个字据,我们都在上面签字画押。"大家都同意这个办法。

可是,他们的串通被农夫知道了。

不过,第二天,农夫却装作什么也不知道,照常坐在那里讲故事的最后一部分："我那已故的父母有一匹骏马，它绕我们的土地跑一圈就得三天……"

公爵、大臣与国王互相使了个眼色，暗暗窃笑着。农夫继续讲道："我们家的金银财宝装了满满的一粮仓，就连您国王陛下，那时还借了我家一大箱金子，至今未还……"

这时，国王喊道："这个我知道！"公爵和大臣们也随声附和说："我们都知道，这个都听说过，连字据都可以写给你。你想当驸马？没门！"

他们写了字据，签了名。农夫拿到字据，说："国王陛下，那么现在就把金子还给我吧！"直到这时，国王才明白过来，说："你这个乡下佬，我上你当了。"

但是白纸黑字，无法抵赖，国王只好装了一大箱金子，给了农夫。

（李金乃　编译）

随 机 应 变

智谋出于急难,巧计生于临危。

城里的疯子

一天,阿凡提从城里回来,半路上碰见一位平民装束的陌生人。陌生人上前搭话道:"请问你从哪儿来?"

阿凡提说:"我从城里来。"

"城里的情况怎么样?"

"甭提啦! 那算是什么城市呀,又脏又乱,到处都是饥饿。"

"城里的国王怎么样?"

"你想想看,他治理下的国家就是那个样子,他自己还会怎么样呢? 当然是个荒淫无度、昏庸无能的暴君了!"

陌生人听到这里,突然脸色一沉,声色俱厉地问道:"你知道我是谁吗?"

阿凡提摇摇头:"不知道。"

"我就是国王,每个礼拜我都要到民间私访一次。今天你犯了欺君之罪!"

"国王?"阿凡提毫无惧色地反问道,"那么,您知道我是谁吗?"

"不知道。"国王答道。

"感谢真主!"阿凡提说,"我就是城里的疯子,我正好跟您一样,每个礼拜犯一次疯病,今天正是我失去理智的那一天,所以对您讲了真话,决无欺君之意,尊敬的陛下。"

（张世荣 译）

秀才认姨

　　宋三才子在汝州考上秀才之后，又和其他被录取的学友一路往省城开封去考举人。这一天，他们走到一个村庄，见一位六十来岁的老妇人唾沫四溅、一蹿一蹦地正在为丢鸡子的事骂大街，那口中的污言秽语简直不堪入耳。宋三才子听不下去了，对学友们说："你们不要看她现在这么厉害，我管叫她马上停止叫骂，并且还要热情招待咱们！"

　　宋三才子会出点子，这在鲁山方圆邻近是出了名的，但这儿远离家乡，老妇人又正在气头上，一个素不相识的人说的话，她会听？所以学友们谁也不相信。

　　只见宋三才子走到那老妇人身旁，亲亲热热唤了一声："姨！鸡子丢了？"那老妇人听见喊，扭头一看，根本不认识这个年轻人,不由得打了个愣怔:当面问问是谁家的孩子吧,在大街上这样做好像有失自己的身份,人家面对面唤着姨,还能不是外甥?唉,自己年老眼花,真是糊涂了,这几年家务忙,不曾串亲戚,晚辈们长得又快,一年一个样,咋能都记得?她脑子这么一转圈,就不再骂大街找鸡子了,赶紧把宋三才子他们让到家里。

当时已近中午,到家后,老妇人就手脚不停地急忙烙油馍、煎鸡蛋,做好吃的招待宋三才子他们。他们呢,也不客气,大模大样地在老妇人这里美美地饱餐了一顿。

吃罢饭,老妇人才腾出手脚,搬个凳子坐下来,和宋三才子拉家常:"你这个外甥是哪一门的?我想了半天也没想起来。"

宋三才子不慌不忙,一本正经道:"咱娘俩是头一次见面,你当然不认识我!俺娘找鸡子骂大街也是一蹿一蹦的,和你一个样,我想着,你一定和俺娘是姐妹!"

宋三才子这么一说,老妇人的脸拉长了,就凭这一点来认姨?但是饭已经管了,再骂街也没用啦!

(李流柱　搜集整理)

评理

　　阿方在王富家里帮工,他见王富对寨里的穷人非常刻薄,就暗自打算要寻机会为大家出口气。

　　这天清晨,寨上有个叫二虎的穷人赶牛路过王富家的苞谷地,不小心让牛吃了一棵苞谷苗。王富看到后,马上叫道:"好呀,你给我赔! 赔!"

　　二虎说:"老爷,等我家苞谷黄壳时,一定选一棒最大最长的赔你。"

　　"一棒? 不行! 至少也得赔十棒。"

　　二虎一听跳了起来:"吃一棵要赔十棒,天下哪有这样的道理?"

　　"怎么?"王富蛮横地说,"我头人讲的,哪句不是道理?"

"你……就是不讲理!"

就在两人争吵不休时,阿方走了过来,说:"好了,好了,你俩别吵了,你俩究竟谁有理,我也评不了;这儿离县衙、府衙又太远,是不是去请其他寨的头人来给你们评评理?"

王富想:不管请哪个头人来评理,都不会不为自己讲话的。于是就对阿方说:"好,你去给我请来。"

王富话音一落,阿方就飞也似的跑了。

不到半天时间,阿方就把周围六十个寨子的头人全部请来了,每个头人都带了一个随从,整整一百二十个人。王富一看,来的都是各寨有钱有势的头人,是万万怠慢不得的,于是他急忙叫人杀猪、宰羊,大办酒席,盛情款待。

各寨头人吃饱喝足后,才问王富请他们来做什么。王富怎么也没想到阿方会请来这么多人,一时吞吞吐吐说不出话来,便转而责备阿方说:"谁叫你到处乱跑?"

阿方嘟起嘴说:"老爷,我没有乱跑。为了帮你把各寨的头人都请来给你评理,我累得双脚打闪,你还讲我乱跑?"

众头人都不解地问:"评理?评什么理?"

"是这样,"阿方解释说,"二虎的牛吃了王老爷家地里的一棵苞谷苗,老爷要二虎赔十棒苞谷,二虎不依,只肯选一棒又长又大的苞谷赔王老爷,王老爷不答应,两人争吵不休,老爷就叫我请你们来评理,看谁是谁非。"

"哎呀,为一棒苞谷,把我们大家都喊来?这……这区区小事,不是拿我们开玩笑吧?"头人们一个个哭笑不得,有的摇头苦笑,有的把嘴一抹,招呼不打一声就甩袖而去。阿方看到头人们快要走了一半了,急急忙忙拦在路上,说:"哎,你们怎么能光吃不办事?还没听到你们说话呢,咋就要走?"

有个头人说:"芝麻大个事,何足挂齿?"阿方一听,马上转身对王富说:"老爷,头人们说这是芝麻大个事,不足挂齿,你看还有什么说的?"

王富见头人们生气了,忙说:"罢了,罢了,一棒苞谷不值一提,有劳各位动步了。"阿方听了这话,马上转身对二虎说:"二虎,王老爷宽宏大量,他大人不与你小人闹,说一棒苞谷不值得一提,不要赔了。"

二虎也很精灵,马上一鞠躬,说:"谢老爷!"就转身走了。

等大家都走了以后,王富把阿方喊来,训斥道:"你这是捣的什么鬼? 二虎的牛吃了我的苞谷,没赔成,反害得我杀了一头猪、两只羊,打了百多斤酒给人家喝,你这不是故意整我吗?"

阿方说:"老爷,话不能这么说,请头人是你叫我去的嘛!"

王富气急败坏地说:"可我没有叫你去请那么多头人呀!"

"请多少,你也没有给我讲清楚嘛,"阿方硬忍住笑,一本正经地说,"我帮你请六十个头人,六十个都来了,这说明你老爷有面子,大家看得起你。要是二虎去请,人家哪肯来? 现在老爷你又当着众头人的面表示不要赔了,人家也明白你是个宰相肚里能撑船的人。你虽然赔了这么多吃的,但却得到了莫大的荣誉,得到的比失去的多呀!"

阿方这番话,说得王富要骂骂不出口,真是哑巴吃黄连,有苦难言。

(龙岳洲　搜集整理)

投

案

　　庞振坤爱替穷人打抱不平,因此而得罪了不少有钱的财主,他们便到县衙告状,要县官捉拿庞振坤问罪。县官自然满口答应。

　　庞振坤得到县官要捉拿他的消息,心生一计。他不等捉拿他的衙役到来,就抄小路直奔县衙,击了堂鼓。待县官开堂以后,他恭恭敬敬地跪在堂下,对县官说:"贱民自知有罪,本欲早来投案,只因偶得三千两银子要安排,所以今天才到,望青天大老爷恕罪。"

　　县官听到庞振坤有这么多银子,立刻把捉拿之事丢在脑后,忙问:"你哪来这么多银子?"

　　庞振坤喜盈盈地说:"也是小人财运亨通,昨天挖地时挖出来的。"

"这么多银子,你准备怎么处置呢?"

"我和妻子商量结果,想用两千两银子买地、盖房,三百两银子添置家具……"

"剩余七百两呢?"

"两百两买丫鬟、仆人……"

"还有五百两呢?"

这时庞振坤装出欲言又止的样子,抬起头往大堂四下看了看。这一来县官马上会意,当即喝退两班衙役,让庞振坤站起身来,接着又问:"还有五百两银子,你到底有什么打算呢?"

庞振坤走近县官,附耳说道:"托老爷的洪福,我才挖出这笔银子,剩余这五百两嘛,自然敬奉老爷了。"

县官一听,不由得眉开眼笑,假装公道地说:"想那财主,鱼肉百姓,横行乡里,别说你替百姓说话,就是拿了他的金子,也是理所当然。"说完急忙将庞振坤让进客厅,吩咐家人摆上宴席。席间,县官待庞振坤再亲热不过了。待酒席过后,县官仰起脸问道:"你匆匆来到这里,那笔银子可曾收拾妥当?"

庞振坤抹了抹嘴,打着饱嗝,慢慢地站起来,说:"小人刚把银子分配停当,不料却被内人唤醒,急忙睁眼一看,破屋仍是破屋,银子早已无影无踪,哪里还用收拾!"

"那么你这是做梦?"县官失望地问道。

"我说的本来就是梦嘛!"

县官不仅银子没有到手,反而赔了一桌酒席,心中好恼,但又不便立即发作,只得强压怒火,装出笑脸说道:"承情,承情,难得你在梦中还惦记着本官。"

(马国伟　搜集整理)

胆大包天

　　金銮殿里,有一对玉桶,是历代皇帝的心爱之物,所以作为传世之宝代代相传,历来有专人管理,动不得的。

　　在大臣们的眼里,这对玉桶便成了国家权力的一种象征。有一天,几个想算计解缙的大臣指着这对玉桶对解缙说:"人家都说你胆大,看你敢不敢打掉一只御桶?"解缙一笑,说:"打掉一只玉桶,有什么关系?"说罢,"哐啷"一声把一只御桶打碎了。

　　几个大臣赶快去报告皇帝,说:"万岁,不得了,解缙想造反,把金銮殿上的御桶都打掉了一只。"皇帝听了,觉得奇怪:"有这样的事?赶快把解缙叫来。"

　　解缙知道那几个人是去皇帝面前告状的,也就跟着他们后面来了,正好遇着去叫他的人,就同去见皇帝。

皇帝见了解缙，就问："解缙，他们说你打掉了一只御桶，是真的吗？"解缙说："为了万岁的江山，我打掉了一只御桶。"

那几个人立刻跪奏道："解缙打掉御桶，明明是要造反，请万岁治他的罪。"解缙也立刻跪奏道："万岁，天无二日，民无二主，只有一统（桶）江山，哪有二统（桶）江山？如果有二统（桶）江山，国家怎得安宁？"

皇帝一听，说："对呀！只有一统江山，哪有二统江山。打得好！打得好！"

那几个大臣见皇帝没有处罚解缙，还说解缙打得好，就灰溜溜地退出来。解缙跟着也出来。他走到门口，那几个大臣又围拢来，一个个伸出大拇指夸奖解缙有胆量，有办法，是个奇才。

夸完以后，这几个大臣就用激将法激他，说："解大人，你只敢打那一只玉桶，还敢不敢打这只玉桶？要是你敢打这只玉桶，就算你真有本事。"解缙听了说："这算得什么？""哐啷"一声，把剩下的一只玉桶也打掉了。

那几个大臣又飞跑着去报告皇帝，说："万岁，不得了，解缙把剩下的一只御桶也打掉了，不是想造反是什么？请万岁赶快拿他治罪。"

皇帝听了很生气，立刻派人把解缙叫来，问："解缙，你刚才说只有一统江山，没有二统江山，所以把那一只玉桶打掉了。可现在你把剩下的一只玉桶也打掉了，这是为什么？"

解缙奏道："玉桶江山，脆而不坚，铁桶江山万万年。为了陛下皇业永固，还是打掉玉桶换铁桶吧！这样，陛下的江山就会像铁桶一样，万代相传了。"

皇帝嘛，怕的是宝座不稳，解缙的话正说到他心坎上，他立即下令铸一只大铁桶放在金銮殿上。

那几个想算计解缙的人，阴谋又没有得逞。

（余产瑞　搜集整理）

以 毒 攻 毒

人生中最重要的行动,往往就从盛怒中产生萌芽。

用鸡换牛

　　有个吝啬鬼，要问他咋个吝啬法儿？要是有人愿意白给他一杯酒喝，他能跑上十里地；为了到办生日酒的人家里白吃一顿，他能饿上三个月零十天。他什么便宜都想着法儿占，可在邻居金善达面前，却连手指盖大点儿的便宜都没占着过。金善达可是个聪明人哩！因此，吝啬鬼对金善达又恨又拿他没办法。

　　有一年春上，金善达家的母鸡孵了一窝鸡崽儿，一个个毛茸茸的，怪招人喜欢，吝啬鬼眼馋得一天要趴着墙头望一遍儿，绞尽脑汁寻思着想霸占这窝小鸡。他整整望了三天，又苦苦地琢磨了三天，终于想出了一个主意。

　　这天早上，金善达正在喂小鸡，吝啬鬼大摇大摆地走进院儿来，大言不惭地对金善达说："我说老弟，今天我是来赶我的这窝小鸡的。"吝啬鬼把"我的"两个字咬得特别响。

金善达不慌不忙地问:"这是什么道理呢?"

吝啬鬼说:"老弟,你想想看,没有男人,女人是生不了孩子的;同样,没有公鸡,母鸡是孵不出小鸡来的。你家没有公鸡,这是实情,如果没有我家的公鸡,你家的母鸡能孵出小鸡来吗?所以,你家的这窝小鸡崽儿应该归我所有!"

金善达眨巴眨巴眼睛,在脑子里想了一想,装出十分高兴的样子,说:"你说得有道理,请你把这窝小鸡崽儿赶回家去吧!"吝啬鬼便洋洋得意地把小鸡崽儿赶回了家里。他心里在说:金善达呀,这回你可吃了大亏了!

岁月飞驰如流水,转眼到了秋天,地主赶去的那窝小鸡已经变成了大鸡,金善达也没有去向他要过。

这一天,吝啬鬼家的一头母牛生了头小牤牛。金善达一看,这头小牤牛长腰身,高个儿,大耳朵,滚瓜溜圆的很是讨人欢喜。于是,他便拎着一副缰绳,大摇大摆地走进吝啬鬼家的牛棚里,把缰绳往小牤牛的头上一套,拽着就走。一边走,一边对吝啬鬼说:"我说老哥,今天我把我的这头小牤牛牵走了。"他把"我的"两个字说得特别响。

吝啬鬼慌里慌张地跑出来,指着金善达的鼻子骂开了:"你这个没良心的人,大白天敢……敢来抢我的小牤牛!"

"老哥你想想看,没有男人,女人是生不了孩子的;没有公鸡,母鸡是孵不出小鸡来的;同样,没有牤牛,母牛是下不了牛犊的。谁不知道你家是没有牤牛的呀!没有我家的牤牛,你家的母牛能生出牛犊来吗?这么说来,就像我家的小鸡崽儿应该归你所有一样,你家的小牛犊也应该归我所有!"说完,金善达往小牛犊的后屁股上一拍,洋洋得意地把牛牵走了。

吝啬鬼眼看着金善达把自家的小牤牛牵走了,干咂嘴巴说不出话来。你说,这占便宜的是谁?　　　　　　(裴永镇　整理)

赔 麦

　　二白眼硬要他家的帮工把打尽了的麦秸再打一遍。正好皮五路过这里,皮五说:"这麦秸上干干净净的,还打什么麦子?"二白眼一听,气得一把拉住皮五,说:"别走,你赔我麦子——收场之时哪作兴说这种不吉利的话?"皮五一听笑了,问道:"赔多少?""两斗——不不,起码赔三斗。""好,明天中午你自己到我家去拿。"

　　第二天,二白眼拿着大口袋兴冲冲地来找皮五。只见皮五家的大门紧锁着,皮五坐在门口的树阴下,树旁拴着一头驴子。二白眼就问:"皮五,你在干什么呀?"

　　"老爷,我的驴子要下小驴了。你先站在那边等一会,远一点,再远一点,因为这驴子怕生人。"

　　皮五家门前就这么一棵树,二白眼只好远远地站在大太阳下烤着,热得头上都冒出油来了。可是左等右等,那驴子就是不下小驴。二白眼从来没吃过这么大的苦,但一想到那三斗麦子,也只好忍着。

　　又过了老半天,仍没有动静。二白眼实在热得受不了了,就走近那树阴,仔细一看,那驴子的肚子很小,根本不像要下小驴。

　　"皮五,这驴肚子里哪有小驴?"

　　"你,"皮五猛地站起来,一把拉住二白眼,"你赔我小驴——下小驴的当儿,哪作兴说这种不吉利的话?"

　　"那……唉——"二白眼知道上了当,"算了吧,我不要你赔麦子了。"

　　"不行,麦子照赔,小驴子也要赔!"

　　"皮五,算我不好……"二白眼挣脱了皮五,慌慌张张地往回跑去。

　　皮五大声说:"真便宜了你,三斗麦子换一头小驴子。"

　　　　　　　　　　　　　　(王秀生　王迎春　搜集整理)

猜谜

　　一天,有一个农夫来到牧师家做工。牧师对农夫说:"喂,亲爱的,你就留在我家干活吧! 可我家有个规矩,到了年底算工钱时,我先给你出三个谜语,如果你全猜对了,我就付给你一百卢布的工钱,如果你猜不出来,不但拿不到工钱,你还得给我再白干一年。"

　　尽管牧师定的规矩很苛刻,可这个农夫很穷,只得同意了。

　　农夫每天起早摸黑地干活,很快一年到了。

　　年终这天,牧师把农夫叫到跟前,说:"喂,亲爱的,我现在给你出三个谜语。你要是都猜对了,这一百卢布是付给你的工钱;你要是猜不出来,那你一文钱也拿不到,还得给我再干一年的活儿。"

农夫无可奈何地说："好吧,请你把谜语说出来。"

这时,只见牧师指着抓在手里的一只猫,问道："这是什么?""猫""不……不对,你说错了。"牧师得意地说,"这不是猫,这是纯洁。"

牧师说完,又给农夫出第二个谜语。他把放在桌子上的一盏小油灯点着,问:"你能否说出来,这是什么?""是火。""不……不对,你又说错了。"牧师更得意了,"这不是火,这是美丽。"

牧师说着,又用手指着地上的一只装满水的桶,问:"你再猜猜,这是什么?""这是水。""不,不……不对,你还是没猜对。"牧师得意得几乎要从椅子上跳起来,"告诉你,这不是水,这是上帝赐给我的东西。"

农夫知道,这是牧师有意刁难,同他讲理也是没用的,就只得留下来,准备再干一年。

一天,牧师到邻村做客去了。傍晚的时候,农夫先备好了马,然后在院子里抓了一只猫,在猫尾巴上绑了一束用灯油浇透了的干草,用火把草点着,把猫放到堆放干柴的草棚里。猫见尾巴上着了火,惊得一下子蹿上了棚顶,猫尾巴上的火把草棚烧着了,接着整个院子都着起火来。

这时,农夫飞快地跳上马背,朝邻村奔去。他找到牧师,不慌不忙地说:"主人,我在你家干了整整一年,你给我出了三个谜语,我都没猜出,因此,没拿到一文工钱。今天,我也给你出个谜语。如果你猜出了,我愿意再给你白干一年的活;如果你猜不出,请你马上把一年的工钱付给我。你看如何?"

邻村人听了,都好奇地围了过来。牧师想:我岂能当着这么多人的面被一个穷鬼吓住呢? 于是,他同意了。

农夫说:"我的谜语是这样的:纯洁把美丽带上了屋顶,如果你不用上帝赐给你的东西,那你的房子就保不住了。你猜猜,这是什么?"

牧师一听愣了,他左想右想,怎么也想不出来。农夫在一旁催促说:"主人,请你快点儿,不然就来不及了。"

牧师想了很长时间,还是没猜出,只得当场付给农夫一百卢布的工钱。

就在这个时候,不知是哪位客人喊了一声:"看,着火了!"牧师随着喊声朝窗外望去,立即发现那个方向一大片房子,都是他家的院子。他发疯似的冲出客厅,骑上马拼命朝家里奔去。

可是,等他奔到家一看,大火已经把他家的所有财产烧得精光,他的太太正伤心地坐在地上号哭。

突然,牧师好像想起了什么,他从地上蹦了起来,去找那个农夫,可农夫早已不知去向。

(陈杰君 编译)

计 劝 巧 诚

一个人无论有什么奇才异能,倘然不把它传达到别人身上,他就等于一无所有;也只有在把才能发展出去以后所博得的赞美声中,才可以认识他本身的价值。

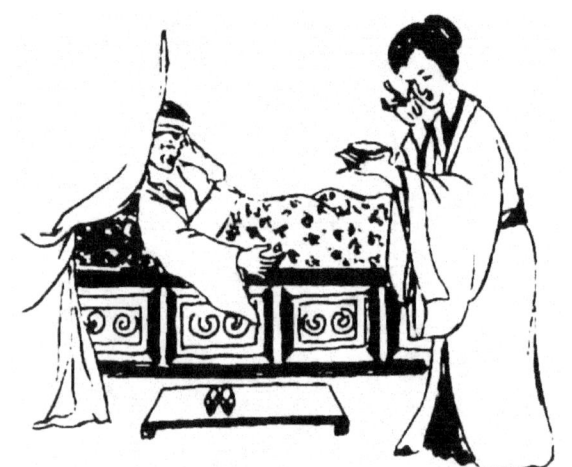

毒杀婆婆

有一户人家,婆媳俩很不和睦。

有一次婆婆病了,这时媳妇动了坏念头:正好,倒不如趁此机会把这个老家伙杀了。于是她去求医生,说:"大夫,您悄悄地给我点毒药吧。"

"你说什么?你到底想干什么?"

"我想把坏心眼的婆婆杀死。"

想的虽然是坏事,可这媳妇倒挺诚实,她说了实话。于是,医生不但没有生气,还给了她满满一桶子药,说:"可不能作一次吃呀,都吃了立刻就会死,那样一来,你也得杀头。所以还是一天给她吃一次,一次吃一点点为好。这样,你婆婆就会渐渐衰弱下去,像是病死的啦。"

　　媳妇把药拿回家之后,假惺惺地对婆婆说:

　　"他奶奶,我给您弄来了好药,喝了它,让病快点好吧。"

　　这媳妇还装得挺亲切的样子,每天一次给婆婆吃药,甚至还流着眼泪对婆婆说:"要是您有个三长两短,我也不想活了。您可无论如何都要好啊!"

　　媳妇完全是在做戏,可婆婆一听这话,竟高兴得怀疑自己的耳朵是不是听错了,她感动得直流泪,泪水把枕巾都给弄湿了。婆婆握着媳妇的手,说:"媳妇啊,你真是温顺,可我过去尽欺侮你,真太对不起你啦,请你原谅吧。"

　　日子一天天过去了,媳妇天天给婆婆端药,婆婆对媳妇的态度也越来越和顺。这一来,媳妇便有些嫌恶起自己来,觉得要杀死这么好的婆婆,真是太不应该了。

　　媳妇终于又去找医生了,说:"大夫,我错了,这回请您给我点能够尽快地把毒消除掉的解毒药吧。求求您。"

　　这回医生微微一笑,点点头说:"是吗?那就好啦。说实在的,上次我给你的药,那不是毒杀人的药,那是杀死坏心眼儿的药,所以你不必再买药了。你回家看看吧,你婆母的病,一定已经好了。"

　　媳妇回到家里一看,婆婆果然恢复了健康。

　　"因为你这么孝顺,我的病也好了。往后咱们再也不吵架了。"婆媳俩手拉着手,从此以后再也没见她们吵过。

(邓三雄等　编译)

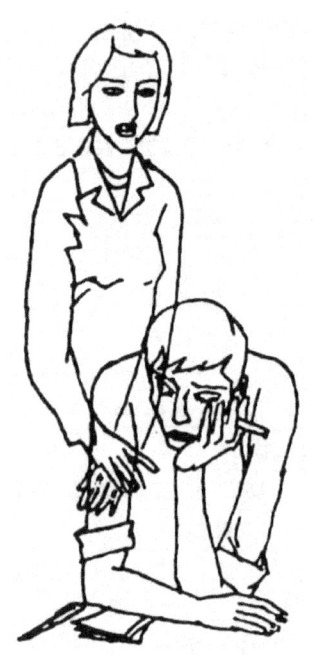

智妹劝夫

　　在东海边的一座小城里，住着一户人家，男的叫蔡旺，女的叫止妹，都已三十出头年纪了，夫妻俩还有一个四岁的女儿小珍。止妹温顺贤惠，对丈夫可以说是百依百顺。这有两个原因：一是蔡旺脾气急躁，碰到不称心的事，常常要拿孩子出气，止妹疼孩子，所以凡事总要使丈夫称心；二是蔡旺和她身世相同，都是在孤儿院长大的，想到蔡旺从小没有亲人，止妹也就样样顺着丈夫的心意。所以结婚六七年，小日子过得倒还和顺。哪知一年前，这个小家庭忽然变得不平静起来，是啥原因？这还得从蔡旺讲起。

　　原来，一年前，蔡旺看见住在楼上的王二毛生活一天比一天过得红火，渐渐地眼红起来，心里也痒了。暗暗想：他王二毛凭啥本事富起来？还不是靠去南方贩了几次走私物资，每次一转手，大把大把的钞票就进了腰包。我何不叫止妹今后节约些，积它个五千元，请几天假，也到南方跑上一趟，那么，电视机、录音机不就全有了？

真是无巧不成书，蔡旺想钞票正想得快发疯的时候，户籍警张同志找上门来，说止妹的爸爸有个师兄弟，解放前去南洋时，向止妹爸爸借过一笔钱，临终前想起尚未还债报恩，于是叮嘱儿子要三倍归还。如今钱已汇到，可止妹爸爸早已故世，止妹就成了这笔钱的唯一继承人。

蔡旺喜得差一点跳起来，忙问："多少钱？"张同志伸出一只手。蔡旺立即说："太好了，五千元足够了！"张同志笑笑说："还要加个零，是五万""五万？"蔡旺简直不相信自己的耳朵，顿时喜得浑身直冒热汗。当晚，他对止妹说："止妹啊，现在我们有了本钱，也去南方跑上一趟，回来转转手，说不定五万马上变五十万，到那时……"止妹一听，脸色顿时由红变白，怯怯地劝道："蔡旺啊，这种投机倒把的事可千万做不得呀！人心要平，我们现在不是生活得蛮好嘛！""你懂什么，别人做得我们就做不得？哼，现在生活就叫好啊？你真是头发长见识短。"

照平时，蔡旺脸一板，止妹哪还敢吭声，但今天止妹依然直摇头，苦苦劝道："蔡旺，别看王二毛家现在阔气，干这种犯法的事决不会有好下场，你得前前后后仔细想想哪……"可是，蔡旺财迷心窍，这话哪里听得进去，反而眼一瞪，说："家里事由我做主，你不必多说。"止妹眼看蔡旺铁了心，自己又没法制止，急得眼泪直淌。过了好一会，她才无可奈何地说："你实在要去，得依我一个条件。"蔡旺一听止妹松了口，喜得合不拢嘴，连忙问："什么条件？""我要和你一起去，钱是我的，得由我保管，你不能瞎用。"蔡旺一口答应："行！行行……"

三天后，蔡旺买好了船票，和止妹都请好了假，安排好了孩子。止妹不知从哪儿弄来一只小铁箱,动身前夜,打开箱子说:"瞧,整整五万元。"蔡旺看着那厚厚五叠百元面额的钞票躺在箱子里,正想去摸摸,止妹突然瞧瞧窗外,"咔嚓"锁上,说:"这么多钞票,可不能露眼,到了外边千万别看。"蔡旺忙点头:"嗯,止妹,你真行,我们夫妻俩同甘共苦一条心,这财是发定了! 哈哈哈……"

于是,夫妻双双上了轮船。一路上,止妹提着那只小铁箱,白天黑夜不离身,蔡旺好似止妹的警卫队长,紧跟着她寸步不离。第二天早上,两人起身吃过早点,止妹说:"我胸口闷,想到甲板上去透透风。"说着就向前甲板走去,蔡旺也跟着来到甲板上。

不料止妹上了甲板,被风一吹,突然"哇"一声,她紧走几步趴在船舷边呕吐起来。蔡旺紧站在她的身边扶着。止妹一手抓住船舷边,一手紧紧提那只小铁箱。突然,一件意想不到的事发生了,一个浪头猛扑过来,船晃动得很厉害,止妹被颠得往船舷边一撞,那只小铁箱脱手掉进了波涛汹涌的大海里。顿时止妹哭,蔡旺叫,不少旅客闻声围上来,有几个船员问蔡旺掉了什么东西,"钱! 钱钱……"蔡旺一边发疯地叫喊着,一边指着小铁箱落水的方向,"快叫船停下,快停下……"

这么大的客船怎能任你叫停就停? 它照旧迎风破浪向前驶去,转眼工夫,连小铁箱掉在什么地方都弄不清了。蔡旺把一腔怨气全出在止妹头上,什么难听的话都骂了出来。止妹呢,随丈夫骂去,只是低着头不响。

本钱被大海吞没了,还做什么买卖? 夫妻俩只好愁眉苦脸地回家。从此,止妹免不了经常挨蔡旺的骂。

过了一段时间,全国开展了打击经济领域犯罪活动的斗争,这时,蔡旺才真正清醒过来,心想:那次幸亏止妹把钱掉了,否则后果真不堪设想。看来,以前止妹劝自己的话是有道理的啊!

从此,蔡旺不但不再对止妹发脾气,而且待她特别好。

这天,是他们的厂休日,蔡旺吃过早点上街去,忽见读报栏前围着一群人,凑近一看,只见报上登了一条消息,标题是:昨日孤儿关怀今天孤儿,蔡旺、李止妹夫妇慷慨捐款。

蔡旺丈二和尚摸不着头脑,立刻买了一份报纸,奔回家里,劈头就问:"止妹,这是怎么回事?"止妹瞥了一眼报纸,笑笑说:"既然知道了,还问什么?""这么说,那只小铁箱里的钱是假的?你是存心捉弄我?""不,蔡旺,我是怕你掉进泥坑。""嗳!你不同意也就是了,干吗把钱捐给孤儿院?难道钱放在家里会发霉?"止妹说:"钱不会霉,可我怕人的思想发霉。你想想,你一门心思要想靠走歪门邪道发横财,这难道不是思想发霉?蔡旺啊,我为了保护我们一家平安,所以……"

止妹话音未落,只听窗外传来"嘎"的一声,蔡旺一看,一辆公安局的吉普车停在门口,几个公安人员向楼里奔来。接着"笃笃笃"有人敲门。蔡旺吃惊地望着止妹,止妹笑笑说:"别怕,去开门吧。"蔡旺硬着头皮开门一看,啊,原来是自己厂里的李厂长、派出所的张同志和孤儿院的赵院长!

满头白发的赵院长一进门就紧握着蔡旺的手,说:"我代表全院的孤儿,向两位表示衷心感谢!"话音刚落,只见王二毛被铐着双手押上了吉普车。张同志努努嘴,说:"这家伙又贪污又贩私,能不给他算总账?"李厂长说:"我们多次提醒教育他,他却越陷越深,这是自作自受。蔡旺同志,你说是吗?"这叫蔡旺怎么回答呢?他心里好像打翻了五味瓶,那滋味实在没法形容。这时,赵院长递上感谢信,又说:"这封感谢信是孩子们写的,请两位收下。"止妹笑笑说:"我可不敢做主,蔡旺,你是一家之主,你说要不要收?"蔡旺立即说:"你做主吧,收!收收!"

吃饭的时候,止妹烧了几个菜,给丈夫斟上一杯酒。蔡旺感动地说:"止妹,我对不起你!现在我全明白了,原来一切全是你安排好的。"止妹说:"事先没和你商量,你可别生气呀。""不,不不,止妹,你的药正好治我的病。我是财迷心窍,如果你真听从了我,那后果真……""事情已过去了,还提它干吗?"止妹说着,取出一叠钞票,又说,"这半年,我积了些钱,再加上以前的积蓄,够买一台电视机了。蔡旺,去看看,商店还没打烊的话,马上就买回来。"蔡旺答应着去了。

晚上,小两口坐在电视机前看电视,正好电视新闻里在报道他们捐款的事,蔡旺又兴奋又感动,连连夸止妹说:"你真是个'智妹'啊……"

(宗　洲)

治媳妇

张明和李艳结婚已经一年多了。自从结婚以后，家务活全部由张明承担，李艳啥也不干。这还不说，李艳还长了一个偏心眼儿，一见她的父母来，就眉开眼笑，热情款待，而看到张明的父母上门，就竖鼻子瞪眼，窝头咸菜桌上端。

张明看在眼里，气在心上，总想治治李艳。可是既不好动手打，又不好开口骂，况且打骂也未必能使李艳改变态度。怎么办呢？

有一天，张明的父亲从乡下来到城里，看望儿子、儿媳。老人一脚就来到张明的厂里，这下张明犯愁了：这可咋办呢？他想呀想呀，猛地想出了一个办法。

张明立即给李艳打了一个电话："喂，李艳，咱家来贵客了。"

"是谁呀?"

"是你爹也是我爹。"

"啊! 我爹来了,这可太好了!"

"我们中午回家吃饭。"

"好。"

张明请了假,便对他父亲说:"爸爸,咱们先到商场、公园去溜达溜达吧?"

老头乐呵呵地说了一声"好",父子俩就去溜达了。

再说李艳听说爹来了,乐得咧开了嘴,提起菜篮上街,烧鸡、鲤鱼、猪肉买了满满一篮,外带一瓶"千山白酒",回家后就忙活开了。

张明和父亲溜达了一阵,张明估计李艳饭菜快做好了,便说:"爸爸,时间不早了,咱们回去吃饭吧。"于是父子俩朝家中走去。

走到家门口,张明喊道:"李艳,爸爸来了。"

李艳人未迎出声音先到:"爸爸,您可来了!"推开门一看,"啊"脸顿时变了颜色。

张明和父亲走进屋一看,好酒好菜摆了一桌子。张明说:"爸爸,来,咱们吃饭吧! 您儿媳妇是带病给您做的饭菜,这不,到现在脸色还不好看呢! 李艳,咱陪爸爸吃饭吧!"

李艳心里火得直冒烟,又开不出口,就一扭头,说:"我不舒服,你们吃吧!"说完走进屋里,一头趴在炕上。

无巧不成书,事隔十天,李艳的妈又来了。张明又给李艳打电话:"喂,咱家来贵客了。"

李艳冷冷地问:"又是哪门子贵客?"

"咱妈来了。"

"谁妈?"

"是你妈也是我妈。"

　　李艳"哼"了一声,便把电话挂了。

　　李艳挂掉电话,心中暗说:这次非给点颜色看看。于是,她特意到粮店买了几斤玉米面,贴上了大饼子,又切了一块萝卜疙瘩,摆上一碟已经长了白毛的大酱,专候老太太的到来。

　　不一会儿,门开了,张明和他丈母娘走了进来。李艳一看,高兴得从床上蹦了下来:"妈,怎么是您?"

　　老太太看了看桌上摆的饭菜,说:"你们不是过得挺好吗?"

　　李艳满脸通红,支吾了半天才说:"妈,您不是说下个月来吗?怎么现在就来了?"

　　老太太眉头一皱,说:"别提了,你弟媳拿我不当人看,整天给我吃窝头咸菜,对我总没有好脸色。我实在呆不下去了,就上这儿来了。"

　　李艳听到这里,脸更红了。她把张明拉到里间,说:"张明,我错了。往后我一定像对待我爹妈一样对待你爹妈!"

　　张明笑了。

(路正红)

亲家

　　太和圩有一个屠夫,名叫张光华,年约五十出头。张屠夫秉承祖业,十六岁随父操刀学艺,二十岁便独撑屠行门面。论资格,他家五代为屠,可谓出身屠门世家;论资历,张光华干这"杀生"的行当算来已有三十几个年头;论技艺,倘若庖丁在世,或许可与之一比,见个高低。因为他有几手绝招:一是会点牲畜穴道,无论猪牛马驴,只要他伸手在它们身上一指一拍,立时会僵立不动。二是行屠可以不用刀,随便找个竹签儿、柴棍儿什么的,就能把一头庞然大牲畜无声无息地放倒。三是闭上双眼能开膛剖肚,又快又好,绝无闪失。就凭他这几手绝招,太和圩方圆几十里的屠工,谁都不敢在他面前逞能。

　　一天中午,张屠夫家里来了位客人,这客人不是别人,正是他的儿女亲家。提起这位亲家,张屠夫就感到脸上无光,心里有气。亲家名叫曾亨刚,也是五十挂零的人了,几十年来,他大盗未犯,小偷小摸却是老本行,这自然坏了名声。张屠夫做梦也没想到,曾家那臭小子会把他的女儿给勾上。早先,曾亨刚见了张屠夫就像老鼠见了猫,张屠夫也实在没拿正眼瞧过他,自从两人成了亲家后,曾亨刚才敢直起腰来跟张屠夫说话。今天,他就是来找张屠夫商量个事儿的。

只见曾亨刚伸长脖子凑到张屠夫跟前,低声细语地嘀咕了一阵子。张屠夫先是剑眉倒竖,慢慢地又平和了下来,继而连声说:"好,好,照你说的办。"

曾亨刚究竟跟张屠夫说了些啥呢?

原来,今天早饭后,曾亨刚正想到隔壁李家串串门,谁知走到门口,却听到李家媳妇正在屋里"呜呜呜"地哭呢。曾亨刚的脚立刻缩了回来,侧耳细听,方才弄明白原来是李家媳妇昨晚切猪草时,把手上一只结婚戒指弄丢了,她认定那只戒指一定混在猪食里,喂进了猪肚子。

只听那媳妇哭哭啼啼地嚎着:"那畜生值屁用?把它杀了,准能把戒指找到。这是我俩的结婚纪念,你不急?你准是心里有了别人!"李家小子正被媳妇哭得心里烦呢,再听她说出如此不着边际的话来,心里不由火了,脚一跺,说:"猪才一百四五十斤,正长膘呢,杀了,你不可惜?这事儿我可做不得主,还是等爹明儿从姐姐家回来再决定吧。反正猪在自家圈里养着,它肚里的戒指能丢哪儿去!"

小两口还在嘀嘀咕咕着,曾亨刚听得却是心里乐开了花,他悄悄回到自己家里,关起门来细细一想,哎呀——连猪带戒指,值上千块呢!他要偷李家的猪,于是赶紧来找张屠夫商量。

本来曾亨刚不是不知道,张屠夫性情豪爽刚烈,对偷鸡摸狗的行为向来是深恶痛绝的,但要做成这事非他帮忙不可,所以抱着试试看的态度来找张屠夫,想不到张屠夫二话没说,竟一口答应了。哎,到底是亲家,关系不比往常啦!

当天晚上,夜深人静之时,两条黑影若隐若现地向一排猪栏摸去,这两人正是曾亨刚和张屠夫。只见他俩走到离猪栏还有十来米远时,张屠夫叫住曾亨刚,说:"你在这儿替我看着,我一个人去就行了。"曾亨刚唯命是听,朝张屠夫做了个手势,便高高兴兴站在原地不动了。

一切都挺顺利,过了不到十分钟,张屠夫就背了头毛猪过来了。两人走到山坳下的僻静处,张屠夫放下毛猪,说:"这畜生的穴道都被我点了,两个小时之内动弹不得,现在交给你,我的任务完成喽。"

曾亨刚见事情办得神速顺畅,满心欢喜,说:"行,我把它背到前面煤矿食堂,现杀现卖一秤过,我只把猪大肠和猪肚原封不动地提回来,那戒指准在里面。至于钱嘛——我会多分些给你。"

"不必了,"张屠夫摇摇头,"就算我帮了你一回,亲家嘛。"说完,他头也不回地走了。

第二天早晨,曾亨刚的婆娘起来喂猪,发现自家猪栏门大开,栏内空空如也。她一时慌了神:"不得了啦,谁这么缺德,把我家猪儿放跑了呀?"正嚷着,远远看到自己的男人回来了。

"亨刚——"他婆娘大声喊他,"快来呀!"

曾亨刚大步走了过去,说:"你咋呼啥呀,大清早像丢了魂似的。"

"唉!猪不见了,还不快去找!"

"什么,你说什么?"

"呸!咱家的猪被人偷了!"

"啊?"曾亨刚一跺脚,将手里提着的那副猪肚肠往地上重重一摔,顿时"啪"的一声,猪粪喷射而出,溅了他俩一身。

"这是怎么回事?"他婆娘吓了一跳,大感不解地问。

"别说了,他娘的,我找他算账去!"曾亨刚拔腿就跑。

他气咻咻地一路小跑着来到张屠夫家,进门就没好气地对张屠夫说:"你做的好事,昨晚怎么把我家的猪背了?"

"什么?背的是你家的猪?"张屠夫故作惊讶,"你不是给我做手势,指右边的猪栏吗?"

"可你为什么钻进左边猪栏呢?难道你左右都分不清楚?"

"哎!我俩面对面站着,你指的右边难道不是我的左边,你怎么能怪我呢?"张屠夫不冷不热地顶了他一句,把头扭向了一边。

"唉——算了,"曾亨刚一脸丧气地说,"只是怪可惜的,正长膘呢。"

张屠夫猛地回过头来,双眼逼视着曾亨刚,正色道:"哦?是自己的就可惜,偷人家的就不可惜?大半辈子的人了,也不积点德?我劝你早收心改性,不要把'三只手'带到棺材里去啊!"

曾亨刚被张屠夫的一席话说得脸上红一阵又白一阵,他偷鸡不成反蚀把米,只好打落牙齿往肚里吞,半晌说不出话来。

(扬　沙)

医生和巫婆

有一位乡村医生，名叫张大林，他的妻子叫秀英。小两口子说来也有趣，一个是医生，一个是巫婆。男的平时对工作挺钻研，遇到难对付的病症，总是苦苦思索，寻找对策，认定天下没有治不了的病。女的呢，在娘家时学过些巫术，嫁过来后时不时地装神弄鬼、骗人钱财，还经常夸口说："治不好，穿我的鼻子。"

大林一直为秀英的行为伤透脑筋，不知说了多少遍"我就不信治不了"，但始终就找不出个办法来将她治好。

那年村里发大水，水灾过后疾病流行，医疗站人手不够，乡里便派了一名妇女给大林当助手。整整一个星期，大林和助手忙得焦头烂额，连家也忘了回。

起初，大林不回家，秀英觉得还少点啰唆，可时间长了，而且得知站里多了个女的，她急了，赶紧往医疗站赶。到那里一看，只见大林和女助手正头对着头坐在一张桌子旁边。这还了得！气得她大叫起来。大林和助手吃了一惊，当明白过来后，大林生气地说："人家在干正经事儿，你这是捣什么乱？"秀英说："你这个不要脸的，难道要睡在一起才算？"大林一听这话火了，顺手从地上拾起一根手腕粗细的柴火棍，就朝秀英身上打去。这下可把女助手吓慌了，跑到门口大叫"救命"。

女助手这一叫，大林立刻清醒过来，心想：坏了，我一个国家干部打老婆，太不像话。再说，事情闹大了会影响工作，眼下乡里传染病流行，人命关天的事，能耽误吗？他脑子一转，于是丢下木棍，对秀英说："我去把你妈找来，叫她评评理。"秀英知道她妈轻易不出门，说："你能把我妈叫来，我让你穿鼻子。"大林一跺脚："我就不信治不了。"说罢转身出了门。

大林风风火火地赶到丈母娘家，见丈母娘正忙着切猪菜，就气喘吁吁地说："妈，秀英今天不知得了什么怪病，尽说昏话，您老人家快去看看。"丈母娘听说女儿得了怪病，吓得心惊肉跳，连手都顾不得洗，把门一锁，就跟姑爷走了。

再说秀英挨了一顿打，在地上打了一阵滚，而后披头散发地回到家里，她一肚子气没处出，就见猪骂猪，见鸡打鸡，看什么都不顺眼。过了一阵，秀英见她妈果真小跑着往家里来，顿时慌了神，急忙往床上一倒，用被子蒙了头。大林进家见秀英睡在床上，差点笑出声来。

秀英娘来到床边，轻轻叫了几声，听不到回答，掀开被子一看，只见秀英披头散发，脸红脖子粗的样子，看来病得可不轻啊，当娘的眼泪"哗哗"流了下来，忙说："这可怎么办呀，你是医生，还不快给她吃药？"

大林嘴上不说，心里可乐了，赶快拿了一点荞面，一杯茶水，要让秀英喝下去，可秀英死活不张嘴。秀英娘在一边急坏了，拿过筷子就来撬女儿的嘴巴,大林趁机将荞麦水灌了进去。

秀英有苦不能说,把荞麦水含在嘴里,就是不咽。秀英娘可有办法了,将她的鼻子一捏,"咕噜"一声,不咽也给咽了下去。秀英心里直骂大林:"你这个挨千刀的,看娘走了我不收拾你。"

过了一阵,没承想,大林又出了个主意,他悄悄对丈母娘说:"娘,看来还得再给秀英喂些药。""什么药?""香灰和尿。"秀英一听,猛地挺身坐起来,"哇"一声吐了一地。

秀英娘高兴地说:"好了,吐了就没事了。乖乖,吓死我了。"大林忍住笑,说:"怕还要穿一下鼻子才好。"

(陈世璠)

反 败 为 胜

　　人的才能就在于使生活快乐，在于用灿烂的色彩，使他生活里阴暗的环境明亮起来。

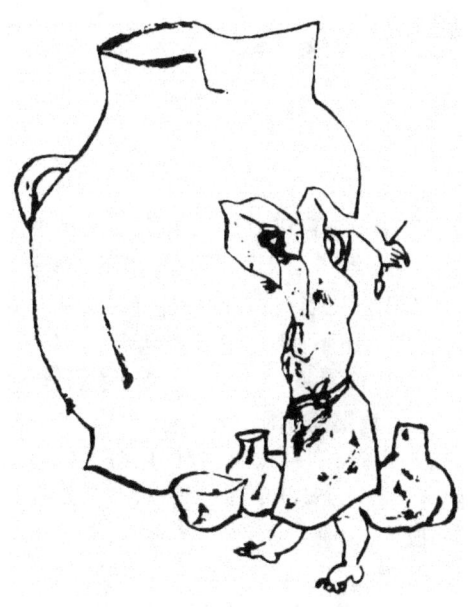

砒霜育儿

　　从前,有个姓吴的当铺老板,年纪二十五上下,讨个老婆王氏。结婚以后,王氏起先不孕,经多方求医,后来总算怀了孩子。

　　这年冬天,吴老板让王氏管住当铺,自己到外地去收账。时间过去半个多月,吴老板收账还不回来,王氏天天等,日日盼。又等了半个多月,仍不见吴老板回来,王氏猜想事情不妙,可能是丈夫收账回来时身边带的钱财露了眼,被人害死了。王氏是个有心计的女人,她曾听人说过,有种黑店,专门用砒霜放在酒菜里毒人,谋财害命,她暗下决心,等肚里孩子出世以后,不管是男是女,定要把孩子抚养成人,让他为父报仇。

　　十月怀胎,王氏养了个胖儿子。小孩一出生,王氏就把他放在脚桶里,用砒霜冲热水,给小孩洗澡。孩子开奶以后,她又在自己奶头上涂一点砒霜，让小孩每餐都吃一点带毒的奶水。这样一来孩子成了习惯，如果一次不在奶头上涂点砒霜，他就哭着不要吃。小孩断奶以后，王氏又在孩子吃的小菜里也放上一点砒霜，天长日久以后，孩子已经不习惯吃别人家的饭菜了。

眼睛一眨，十八年过去了，孩子已经长成一个身强力壮的小伙子，并且打拳练武学了不少本事。这时，王氏就对儿子讲起他父亲十八年前外出收账被害的事。她让儿子打扮成收账人，说："你到你父亲生前常去收账的地方走一遭，每日换一爿饭店吃住，等哪爿店烧出来的菜跟娘烧出来的菜味道一样了，这爿店就可能是害你父亲的黑店。"儿子记住母亲的吩咐，出门了。

这一日，他来到一爿饭店，吃着店里烧出来的菜，味道跟娘烧的一模一样，于是他就开始留心。他见店主与跑堂不时地瞄他吃饭吃菜，而且鬼鬼祟祟、交头接耳，觉得内中必有蹊跷。他将计就计，吃着吃着，就假装跌倒。店主人见他跌倒，马上喊出四个大汉，把他抬进里间。等抬到里面一放下，小伙子猛地跳起来，两拳两脚，四个大汉应声倒地。这时，他定神四下一看，见已有好几个人被杀死，挂在铁钩子上。小伙子顿时怒火冲天，一阵拳打脚踢，把这爿黑店打了个精光，并立即报告官府，查封黑店，捉拿店主。

经审问，吴老板正是此店人所害。

（沈新华　搜集整理）

捅「马蜂窝」

　　相传,在清朝康熙年间,洛阳城来了个姓马的县官。此人不仅心里窟窿多,而且刁钻尖刻,人们就给他起了个外号,叫"马蜂窝"。

　　马蜂窝有个儿子,叫马二蛋,笨得要死,上了三年学堂,也没学会一个字。马蜂窝望子成龙心切,就想聘个教书先生到家里来教。于是,他出了一道招聘告示:谁在一年内能教会二蛋识一百个字,就给谁一百两脩金,并管饭一年。谁知道告示贴出三个多月,也无人问津。

　　城东有个白马寺村,村里住着姓孔的兄妹两人。哥哥孔生是个老实厚道、满腹学问的穷秀才,妹妹孔秀是个十分聪明的姑娘,兄妹两人相依为命,苦度日月。这天,孔生进城看见了马蜂窝的招聘告示,为了生计,就到马家当上了私塾先生。

孔生到马家,费了九牛二虎之力,一年下来,果真教会马二蛋识了一百个字。腊月二十九,他找马蜂窝结账领钱,准备回家过年。万没想到,马蜂窝把嘴一歪:"算什么账?人家教书先生一顿吃一个馍,喝一碗汤,你一顿吃三个馍,喝三碗汤。这一年你多吃我多少饭?该倒找我多少钱?算吧!"

孔生如同闷雷炸顶,气得浑身发抖,又惹不起这个当县官的家伙,只得含恨离开了马家。

孔生跌跌撞撞地回到家里,把满腹委屈向妹妹诉说一遍。孔秀一听,气呀!她决定进城去捅捅这个马蜂窝!她给哥哥耳语了一阵,便来到马蜂窝家,给他道了个万福,高声说道:"恭喜!恭喜!"

马蜂窝一看是个年轻的村姑,说话声好似金盅碰银铃,那模样又恰似出水芙蓉,便凑过来问:"小姑娘,你说我老爷有啥喜呀?"

孔秀说:"老爷,我给你找了个教书先生。这先生学识高,吃得少,五州三县也难找。"

马蜂窝一听,顿时喜上眉梢,忙叫人给孔秀端来一杯香茶。孔秀呷了口茶,接着说:"这先生才高八斗,学富五车,他教出来的弟子有几千,成了名、做了大官的就有七十多人,人们都称他是个圣人哩!"

马蜂窝听了,便迫不及待地问:"这位先生要多少脩金?"孔秀说:"那先生教公子成材,图的是圣人的名声,至于脩金,他说分文不要!""先生性情如何?""爱静,坐下来就不走动啦!""饭量呢?""你放心,那先生不要你家管饭!""那好!那好!可是,他肯来吗?""俺和他祖上有近亲,我出面说,他还能不来呀?"

马蜂窝越听越高兴,便要孔秀马上请那先生来。孔秀说:"不过,要我请那位先生,有一个条件,你得先把欠孔生的一百两银子付清了,不然,让那位先生知道了你赖账的事,可就难办啦!"

马蜂窝听了这个条件,又犹豫起来。孔秀说:"你要是不愿意,那就算我白说!"说着,站起身来,佯装要走。马蜂窝心里拨起了铁算盘:那位先生一不要脩金,二不用管饭,一年能省多少?三年能省多少……这么一算,他立即说了一声:"好!"当下,两人立下字据,写明条件,双方签名画押,各执一份,谁要毁约就治谁的罪。一切办好后,孔秀让马蜂窝稍等片刻,她立即去请那位教书先生。

孔秀出了县衙,匆匆跑到城东的孔庙里,把孔夫子泥胎神像搬下来,掸去上面的灰尘,抱了飞快地到了马蜂窝的衙门。

那些迎候在那里的三班衙役、师爷书吏,见这村姑抱来孔子泥像,都瞪眼伸舌,暗暗为她捏了一把汗。马蜂窝一见孔子的泥胎像,气得脸皮发紫,怒吼一声:"大胆刁妇,竟敢戏弄本官,该当何罪?"说着,就下令把孔秀绑起来。衙役们刚要动手绑人,只见孔秀不慌不忙地把手一扬,说:"且慢!请问大老爷,你我讲好的条件,你为何又要毁约?"

马蜂窝气急败坏地说:"你弄来个泥疙瘩,这算什么圣人?"

孔秀冷笑一声,指着孔子的泥像说:"请诸位评论评论吧,这孔老夫子不是大圣人吗?他有弟子三千,贤人七十二位,这是假的吗?我说的这位先生不吃你家饭,不要你脩金,这不是真的吗?我说他坐下就不动了,你们看他坐在那里动不动?"孔秀一连串的反问,问得马蜂窝张口结舌,无言以对。这时,看热闹的老百姓越围越多,人群中不时爆发出一阵阵冷嘲热讽声。孔秀当众又亮出了那张字据,要马蜂窝按约办事,立即把欠孔生的一百两脩金付出来,不然,就去找州官评理。

要马蜂窝拿出一百两纹银,真像割他的肉一样痛!他正在想赖账的主意,忽见孔生风尘仆仆地跑来了。孔生拨开人群,对孔秀说:"妹妹,咱走吧,董老官大人近日要来洛阳巡视,咱到董大人那里去告他!走!"

马蜂窝一听,吓懵了:原来这个小村姑是孔生的妹妹!那个十三省都察院董老官是个不好对付的老头,官司要真打到他那里,还会有我的好果子吃呀?想着想着,不由害怕起来。

这时,孔秀已经看透了马蜂窝的心思,便给他一个台阶,说:"哥哥,你别着急,马老爷不会亏欠你脩金的,他是和你开玩笑呢!他让我叫你来,就是要还你那一百两银子哪!"说着,扭过脸来对马蜂窝说:"是吗,老爷?"马蜂窝一听,好像大河中摸到了一条小船,忙赔着笑脸说:"是呀,是呀,这不是你那一百两银子吗?"说着,连忙让家人拿出一百两银子,交给孔生。看热闹的老百姓一见,都"哄"地一声笑了。

(盛长柱 搜集整理)

县官抬轿

　　相传，清朝乾隆年间，洛阳城有个富家恶少，名叫白狗子。这小子呀，虽说胸无点墨，却总喜欢附庸风雅，钻营仕途，花了一大把白花花的银子，买了一顶顶子，当上了洛阳县官。他怕乾隆有朝一日到洛阳私访，便在城里十字街口修了块"圣德碑"，还在碑前出了告示：过路行人，凡从圣德碑前经过，都要顶礼膜拜；如有违犯，严惩不贷。用这来鱼肉百姓，讨皇帝的欢心。

　　当时，洛阳城南一个村子里有弟兄三人。老大石面筋，老实怕事；老二石习文，有点心计；老三石习武，性情火爆。后来，老大石面筋娶了媳妇，名叫李秀英，是个农家女子，不仅有气力，而且聪慧过人。这四口之家，夫妻恩恩爱爱，弟弟尊兄敬嫂，日子过得倒也安逸。

有一天，李秀英逮了几只鸭子放进竹篮里，让石面筋进城去卖。石面筋进了洛阳城，刚刚走到十字街口圣德碑前，忽见远处尘土飞扬，过来一支队伍，前面三班衙役，后面一乘八抬大轿，白狗子神气活现地坐在轿里，前呼后拥而来。石面筋一看这气势，吓得赶紧往后躲，谁知脚下一个跟跄，撞在圣德碑上，几只鸭子从竹篮里飞出来"呷呷呷"地乱叫，弄得圣德碑周围全是鸭屎臭。

白狗子上前一看，二话没说，就命令差役把石面筋五花大绑关进了大牢。

傍晚，李秀英不见石面筋回来，十分焦急，幸亏邻村一位白发老汉赶来送信，把城里发生的事给李秀英说了一遍。李秀英听了一点也不惊慌，谢过老汉后，独自回到房中，睡在床上翻来覆去地整整想了一夜。

第二天一早，李秀英叫习文带一条绳子，习武拿一根哨棒，自己取了个大锤，然后附在两位弟弟耳边说了一阵，三个人就匆匆上路了。

不消片刻工夫，他们就到了洛阳城里圣德碑跟前，李秀英抡起大锤，就猛砸起碑来。

李秀英砸碎了圣德碑，白狗子很快就知道了，急忙派人把李秀英抓进衙门，带到堂前。白狗子把惊堂木"啪"地一拍，厉声喝道："你这刁妇，胆大包天，竟敢砸碎圣德碑，罪该万死！"

李秀英一阵冷笑："奇怪！你说我砸碎圣德碑，有人证吗？"说着用手指了指跟来看热闹的百姓。

白狗子便喝问百姓道："谁见这刁妇砸碎圣德碑了？"

堂下的百姓都异口同声地回答："没看见！"

李秀英又从容地问："人证没有，那么，物证又在哪里呢？"

这可把白狗子气坏了，他大叫一声："来人哪，快把那砸碎的圣德碑给我搬来。"

两名差役气喘吁吁地赶到十字街口，望着碎石碑，咋也没法搬。正无计可施时,猛地发现了拿绳子的石习文和拿哨棒的石习武,他们便高兴地说:"有了!"上前抢了绳子,夺了哨棒,用绳子把碎石碑捆好,用哨棒抬到堂前,往地上一放,说:"回禀老爷,圣德碑搬到!"

白狗子见碎石碑搬到,把惊堂木"啪啪啪"连拍三下,大声喝道:"李秀英,现在物证搬来了,你还有何话说? 来人呀,给我拉下去重打八十大板!"

李秀英仍然面不改色,把手轻轻一扬:"且慢!"然后指着碎石碑说,"它是不是万岁爷?"

白狗子脱口而出:"当然是!"

李秀英说:"好! 是万岁爷,这就对了!"说罢,迅步来到被捆着的碎石碑前诉说起来:"哎呀,万岁爷呀! 不知你犯了什么罪,让他们这样整治你呀,这洛阳县官可比你万岁爷的官大呀,他竟敢把你捆起来掼在公堂上。"

堂下的百姓听了,方才恍然大悟,都佩服李秀英的大智大勇!

白狗子听了,不由倒抽了一口冷气,觉得事情有点不妙啦,便喝骂差役:"混账东西,谁让你们用绳子捆的? 快快解开,快快解开!"

"嘿嘿嘿!"李秀英接连冷笑三声,"怎么,解开就行了? 笑话!"说罢,转身就要往外走。

白狗子心虚,急忙下堂拦住李秀英问:"你要干啥去?"

李秀英说:"我要到京城去告你!"

说来也巧,李秀英的话音刚落,忽听不远处"哒哒哒"传来了一阵马蹄声,一位报马飞也似的来到堂前,翻身下马,说道:"皇上出巡查访,路过洛阳,令洛阳城大小官员接驾!"说罢,上马飞驰而去。

这道圣旨,好像一声炸雷,只吓得白狗子立时失去了往日的威风,不由"扑通"一声双膝跪地,拉住李秀英的衣襟只求饶命。

李秀英心中好笑,看也不看白狗子一眼,说:"要我不告也行!"她一字一板地说,"第一件:把你借这块碑弄来的钱财,统统归还洛阳城的穷苦百姓!"

白狗子满口答应:"行! 行! 一定办!"

"第二件:要你带领差役,用八抬大轿把石面筋吹吹打打抬回家去。"

白狗子稍一迟疑,李秀英的脸色马上变了,说:"怎么? 不行?"

白狗子牙一咬,大声说:"行! 行!"说罢,喝令站在一边的差役:"还不快去备轿!"

不知什么时候,习文、习武也来到了堂上,他俩脸上高兴得像开了花,拿起堂前捆石碑的绳子和哨棒,跟嫂嫂一起,搀扶着从大牢里放出来的石面筋,去坐县官抬的八抬大轿去了。

(盛长柱　搜集整理)

拍卖儿子

　　有个穷人到伊斯坦布尔当搬运工，好不容易攒了一百个杜卡特。

　　搬运工想先请一个人替自己保管这笔钱，自己再挣点回去的盘缠，随后就打道回老家做买卖去。究竟请谁替自己保管呢？搬运工看中了一家大商店的主人霍加。霍加非常乐意地收下钱，并表示他不收分文保管费。

　　过了一段时间，搬运工挣够了回程盘缠，就去找霍加要回自己的钱。可是霍加竟翻脸不认账，说："什么一百杜卡特？"他把搬运工骂了个狗血喷头，把他赶出了店门。

　　搬运工懊恼极了。这神情被一位夫人从窗户里看见了，她立即派女仆把搬运工叫进了她的家。夫人对他说："我看你是遇上什么不顺心的事了。能告诉我吗?"

搬运工便愁眉苦脸地把事情的经过告诉了这位夫人。夫人听完后说:"解决你的痛苦很容易。这样吧,我们一起去,你在前边走,我在后边跟着你,你一见到那个霍加,就给我做手势,我先进去,过一会儿,你再进来,向他要还你的一百杜卡特。瞧着吧,他马上会把钱还给你的。"

于是,他们就按约定的办法出去了,来到霍加的商店门口,搬运工做了个手势,就在一边等待着。

夫人走进商店,先向霍加问好。霍加问她要买什么,夫人说:"我想请你帮帮我。不过你要发誓,我们的谈话绝不能透露给任何人。"霍加当即保证严守秘密,并表示非常乐意为夫人效劳。

"我曾经嫁给一位声名显赫的大臣,"夫人说,"我的丈夫死后留下许多宝石和钱币,总共大约有四五千杜卡特。但是,他死后冒出来许多继承人,而我不想与他们分割遗产,所以想求你替我把这些宝石和钱币藏起来,等官方不再查对我死去丈夫的财产时,我再取回来,到时我会付给你保管费的。"

她讲第一句话时,霍加就明白一笔大生意来了。他刚听完夫人的叙述,立刻殷勤地表示愿为她效劳,而且不收任何保管费。

这时,搬运工跑进店里,向他讨钱。

"等等,孩子。"霍加说,"你给了我多少钱?"

"一百个杜卡特!"搬运工说。

霍加立即打开钱柜,给了搬运工一百个杜卡特。搬运工拿了钱,问:"我要付你多少保管费?"但是,霍加没要他付一文钱保管费,就让他走了。

夫人对霍加说,她随后派女仆送宝石和钱来,说完也离开了商店。

等了半天,既没见到女仆,也没见到宝石;过了中午,第三次祷告的时间也过去了,还不见来人,霍加这才明白上当了。他早早地关了店门,垂头丧气地回家,在屋子里六神无主地走来走去,气得直摔东西。

妻子见丈夫心情不好,问道:"你怎么啦,你怎么这么生气?"霍加就把事情的全部经过告诉了妻子。妻子说:"我想,这事很容易挽回。只要你答应事后不骂我,明天我就从搬运工的手里把那一百杜卡特弄回来。"

霍加发誓,只要她能把一百杜卡特收回来,用什么办法也不怪罪她。

第二天一早,霍加去集市广场,妻子跟在他后面。当他看见搬运工时,就把搬运工指给妻子看,然后躲到一边。他妻子突然像疯子一样扑向搬运工,抱住他的脖子,喊道:"就是他,我的丈夫!两年前,他撇下了我和两个孩子,一分钱也没留给我们!"

搬运工大吃一惊,叫道:"我从来没结过婚,哪来的老婆和孩子?"

但女人不肯罢休,一个劲儿地揪住他不放,说:"既然你不想要我,我们离婚!我们找法官评理去!"

"我不是你丈夫,也谈不上什么离婚。"搬运工说,"你是不是认错人了?"

"你是我的丈夫!"女人一口咬定说,"我找了你好久,只有真主知道!"

吵闹声引来了卫兵,他们把搬运工捆起来去见法官。法官问女人,想从丈夫那儿得到什么。

"亲爱的先生,"霍加的老婆央求道,"让他供养我和我的孩子们,不然离婚!"

法官开始审问搬运工。可怜的搬运工怎么也不能证明他不是这个女人的丈夫。于是,法官宣判,让女人从搬运工那儿得到一百杜卡特作为补偿。无论搬运工怎么辩解、喊冤,都不管用。

最后,搬运工说他把自己的积蓄留在夫人那里,请求法官允许他去取钱,法官让警察跟着他。

搬运工来到夫人家。夫人问他为什么又满脸愁容,搬运工把一切告诉夫人,说他是来取钱的,因为他要付给假妻子离婚费。夫人听完搬运工的话,对他说:"这是霍加妻子耍的花招。你把这一百杜卡特拿去付赔偿金,但要从法官那儿得到公证书,证明孩子是你的,然后你把孩子带到我这里来。"

搬运工完全按夫人的吩咐,付了一百杜卡特赔偿金,收下了公证书,带着孩子们就走。

霍加的老婆见带走孩子,急得放声大哭,她要搬运工把孩子留给她。但法官声明,搬运工完全有权带走自己的孩子。搬运工把孩子们领到夫人家,夫人给他们吃了饭,并让搬运工明天一早来领孩子,随后去找公告员,把他们卖掉。

再说霍加的老婆还没进自己家门,霍加就跑来问她:"怎么样,拿回杜卡特啦?"

妻子说:"杜卡特倒是收回来了,可是孩子们却没有了!"

霍加一听,急得跳了起来,可已无法改变现状。

那搬运工按时来见夫人。夫人嘱咐他道:"你带着孩子们去集市广场,告诉公告员,拍卖两个孩子的起价为一百杜卡特。我也去广场,在那儿加价码,与孩子们的父亲争购孩子。等到中止拍卖时,我会给你打手势。"

搬运工带着孩子们来到集市广场,让公告员从一百杜卡特开始拍卖孩子。公告员领着孩子们在市里走来走去,边走边叫价,他经过霍加商店时,霍加立刻认出是自己的孩子,于是蹿到大街上喊了起来:"我再加一个杜卡特!"

"一百零一个杜卡特!"公告员喊着往广场走去。

这时,夫人已在那儿,她见霍加只加一个杜卡特,暗骂一声:这个吝啬的家伙!随即喊道:"我出五百杜卡特!"

公告员叫着夫人出的价,朝霍加的商店走去。

"我再加一个杜卡特!"霍加打断了他的话。

公告员扯开嗓门喊道:"五百零一个杜卡特!"他走向夫人。

夫人说:"一千杜卡特。"

公告员又走到商店门口,宣布最新价格,而霍加又加了一个杜卡特。

"这两个男孩儿价值一千零一个杜卡特!"公告员大声嚷道。

夫人听到霍加才加了一个杜卡特,又喊道:"一千五百杜卡特!"

"一千五百杜卡特!"公告员应声道。他的声音传到霍加的耳朵里,霍加还是加一个杜卡特,于是公告员宣布道:"一千五百零一个杜卡特!"

又传来夫人更大的声音:"我出两千杜卡特!"

霍加嘟哝道:"真不知道这场竞争要到什么时候才完?"但他又不甘心放弃自己的孩子,只好又加了一个杜卡特,公告员便转回身去宣布新的价格。

"两千五百杜卡特!"夫人喊道。

公告员宣布了她的价钱,跑到商店门口。霍加知道又抬了价,但还是不肯让出自己的孩子,于是再加了一个杜卡特。

夫人马上叫来搬运工,叫他把孩子让给最后一个喊出价钱的人。搬运工把夫人的原话转告给公告员,公告员把孩子领给霍加,收下了两千五百零一个杜卡特,然后交给搬运工。

搬运工走到夫人跟前,把钱递给她,说:"所有的钱全在这里,你拿走你的钱,分给我一百杜卡特就行了!"

夫人吃惊地说:"钱属于你,我一分也不要。你带上这些钱,赶快离开,不然你就不能活着离开伊斯坦布尔了。"

搬运工十分感激夫人的帮助,他带着钱回到了自己的家乡。从此,过上了富足美满的生活。　　　　　　(汪　浩　编译)

算账

　　林龙和巧凤年龄都已三十开外了,他俩决定国庆结婚,可是至今住房还没着落,急得林龙三天两头一下班就跑房管所,找负责分配住房的副所长钱开艾。尽管林龙苦苦哀求,钱开艾始终是板着面孔,也始终是那句水泼不进的话:"你们的住房还排不上号!"又是三个月过去了,林龙跑断了腿,钱开艾还是那句铁板一块的话。离国庆只有半个月了,林龙急得成天唉声叹气。

　　巧凤见林龙为房子愁得成天唉声叹气,她也皱紧眉头想办法。有一天,一下班,巧凤来找林龙,说房子有门了,一个星期内保证拿到房票。林龙迫不及待地追问门路哪来的,巧凤在林龙耳边嘀咕了几句,就拉着林龙上大街去了。

　　他俩在百货公司转了一圈,然后直奔东园新村,敲开了一楼一室的房门。女主人是一个打扮得十分时髦的中年妇女,她看上去一副盛气凌人的样子,习惯地用讨厌的口气说:"钱所长不在家!"

"啪"林龙从背包里拿出一块毛料,往女主人手里一塞,说:"钱所长托我买的东西送来了!"

"啊!啊!"所长夫人听到这话儿,眯起两眼,捧起那块毛料,连声夸赞,"好料子!好料子!"说着,把那料子从上身移到下身。好一阵,她才想到旁边还站着送料人,于是便把林龙和巧凤让进屋,嘴上忙碌着:"坐,坐,哎呀,真麻烦你们啦!这料子多少钱呀?"所长夫人习惯地嘴里喊着,并不动手掏钱。

巧凤朝林龙眨眨眼,林龙忙说:"别急,别急,料子钱我和钱所长算嘛。"

这时候,门外自行车响了一阵铃,钱开艾推门而入。所长夫人把手里的料子一抖,巧凤拉拉林龙的衣角,林龙忙说:"钱所长,你托我代买的料子送来了。"钱开艾先是一愣,随后一笑,说:"真麻烦你们啦,请坐!请坐!"说着,自己坐到椅子上,习惯地一边问:"多少钱?"一边把手伸进口袋里。他从这个口袋掏到那个口袋,怎么也没掏出钱来。巧凤嘴巴又朝林龙努了努,林龙连忙上前抓住钱开艾掏钱的手,说:"钱所长,账,以后算嘛!"

"也好!"钱开艾掏钱的手,从口袋里掏出一个小本儿,翻了几翻,慢吞吞地说,"你们的住房问题我已排上了号……"说着,他跷起二郎腿,脚上那双打了补丁的旧皮鞋在林龙眼前抖动了几下。这当儿,所长夫人泡来了两杯茶,右手一杯给巧凤,左手端给林龙的那杯茶,手伸得特别长,手腕上那块发黄的钟山牌手表几乎触到林龙的鼻子。巧凤的双眼在钱开艾的脚上扫了一眼,又朝所长夫人手腕上盯了一下,站起来说了声:"明天我们再来拜访!"就拉着林龙出门而去。

第二天的老辰光,林龙和巧凤又来到了钱开艾的家。一进门就把一双男式皮鞋往桌上一放。所长夫人照例只问"多少钱",并不动手掏钱;林龙也照例说:"别急,别急,皮鞋钱我和钱所长算。"不一会,又听到一阵自行车铃响,钱开艾推门而入。他一见皮鞋,照例把手伸进这个口袋,又伸进那个口袋;林龙照例说:"账,以后算嘛!"

钱开艾掏钱的手从口袋里掏出那个小本儿,翻了几翻,刚想说话,所长夫人突然问钱开艾:"现在几点钟啦?"钱开艾说:"你不是有表吗?"所长夫人把手腕上那块发黄的表摘下来,往钱开艾桌前一放,没好气地说:"这'老爷表'又发毛病了!"话音未落,林龙从口袋里掏出一块崭新的上海牌手表,往所长夫人手里一放,说:"钱所长早想到给你换块新表,看,他托我给你买回来了!"

所长夫人照例地嘴里问着:"多少钱?"

钱开艾照例又把手伸进口袋里……

巧凤咳嗽了一声,林龙也照例说:"账,以后算嘛!"

"老钱哪!人家这么热心帮你买这买那,他们的住房……"所长夫人的话给钱开艾用手打断了,他掏出那个小本儿,说:"你们的住房我费了九牛二虎之力,这会儿解决了。新房子在西园新村二楼二室,你们明天就可以搬进去住!"林龙朝巧凤望了一眼,巧凤回了林龙一眼。两个人告别了钱开艾夫妇,高高兴兴地走了。

林龙和巧凤终于搬进了新居,国庆节那天,如期举行了婚礼。

一个月过去了,房管员来林龙家收房租了。林龙说:"房租已由你们钱副所长代收去了。"

两个月过去了,房管员来收房租,林龙说:"早付给钱副所长了。"

第三个月,房管员和钱开艾一起来收房租,一进门,钱开艾就责问林龙,什么时候把房租钱交给他了？巧凤笑着回答:"三个月前就亲手付给你了。"

"三个月前?"钱开艾心里一怔,连声说,"没这回事！你们把交房租的收据拿出来。"

巧凤不慌不忙地从钱包里掏出三张发票,一张是买毛料的,一张是买皮鞋的,一张是买手表的。她把发票在钱开艾眼前一摊,说:"钱副所长真健忘,这不是你托我们买东西的发票?"

"呃——"钱开艾脸一红。

林龙接着说:"当时,你要付钱,我说'账,以后算嘛',对不?"

"啊……"钱开艾心一跳。

巧凤把三张发票往那位房管员手中一按,说:"以后几年内的房租,请你直接向你们钱副所长拿吧!"

钱开艾双腿一软,无力地坐到了椅子上……

(陈复观)

陌路情

　　毛哥一个星期前被调到供销科当采购员,这回是他首次出差到广州。办完公事该回家了,毛哥到车站买了一张当日的返程车票,正要回旅社取行李,忽然记起出门前老娘叮嘱要给她老人家买件羊毛衫。时间不多了,毛哥跑到旅馆旁边的贸易市场,从目不暇接的成衣摊上匆忙选了一件。摊主开价九十元,毛哥脑子拎得清,知道这帮摊主心狠手辣,得给他杀杀价,结果以七十元成交。随即付了款,提衣就走。

　　回到旅社,毛哥就去服务台结账,却不料钱不够了。怎么会不够呢?明明还有几百元钱,到哪里去了?毛哥想啊想啊,不由吓出一身冷汗:刚才买羊毛衫时,七张面额一百元的票子,当七十元给了人家。完了!这个钱是李双双哭丈夫——没希望(喜旺）了！毛哥垂头丧气地跑回房间，一头倒在床上，望着天花板发愣，那滋味是欲恨不能、欲哭无泪啊！

同房间的湖南人弄不懂了：这个人早上出去还高高兴兴的，怎么这会儿在这里压床板啊？湖南人友好地探问道："老兄不是说今天走的吗？怎么？车票没买到？"毛哥长吁短叹，诉说了苦衷。湖南人一听，又吃惊又惋惜："哎呀，老兄，你可大大地吃亏了，这可不好办哪！唉，这钞票也真是的，面额百元和十元的颜色、大小都差不多，怎么不出差错呢——我看这样，"湖南人建议道，"你迟一天、早一天走都没关系，去跟那摊主说说，说不定会碰上一个菩萨心肠的人呢？"

毛哥心灰意冷，一点没有信心。再说一个小时以后火车就要开了，现在如果不去车站，怕是连火车都要赶不上了，而眼下旅馆的账都没办法结哩！毛哥越想越伤心，第一次出差，就碰上这种倒霉的事。湖南人在旁边劝道："老兄也别犯愁，还是去跑一趟吧，即使要不回钱来，天也塌不了，我这个陌路人绝不会袖手旁观。我这就去帮你退票。"

两个人兵分两路，一个去退票，一个去要钱。

毛哥打起精神，来到那个成衣摊前，摊主正忙得不亦乐乎，毛哥等了好长时间，待摊主稍一空闲，赶紧瞅准时机拿着羊毛衫凑了上去。谁知摊主听毛哥这么这么一说，立刻眼一瞪，吼道："真是莫名其妙，这羊毛衫贸易市场上到处都是，谁知道你是从哪买的。"毛哥忍气吞声，耐心解释，摊主根本不理睬他。

正当毛哥绝望之时，忽然从旁边冲出一个人来，紧接着又进来一位民警。只见那人拉着毛哥大声嚷道："就是他，就是他，这个骗子，从我的店里买去一件三百元的皮夹克，结果给我的全是假钞。我正愁找不到你，不想你又来了！"毛哥见了来人大吃一惊，正要分辩，不想此人一拳挥来，打得他眼冒金花，仰面倒下。来人还要揍他，被民警拦住了。民警严厉地对毛哥说："起来，到派出所去把问题讲清楚!"毛哥急得脸色发白,语无伦次,唉,人身地不熟,这真正是跳进黄河也洗不清了。他连连懊悔自己不该听湖南人的劝,这不,几百元钱要不回来不说,还惹了一身祸。

民警和那个人扭着毛哥正要上派出所,只听摊主在后面喊:"等一等!"摊主转身拿出七张面额百元的钞票,对民警说:"民警同志,请帮忙识别一下,这个人刚才在我摊上买东西,这些钞票就是他给我的,不知是否有假?"民警似乎很懂行,逐张细看,一声大吼:"全是假的!"摊主大惊失色,一把从毛哥手上夺过那件羊毛衫,骂道:"好险啊,老子差点上当受骗。"民警捏着这七张百元伪钞,仿佛破了一个了不起的大案,显得很得意,对毛哥喝道:"走,去派出所老老实实交代你的罪行!"

三个人推推搡搡地离开贸易市场,来到一僻静处,见前后无人,民警和那个人不由大笑。这时湖南人不知从什么地方闪了出来,把前因后果对毛哥一说,毛哥方才如梦初醒。原来湖南人帮毛哥退了车票,就找他在广州警校的同学帮忙。湖南人老出差了,见的世面不少,在旅馆听毛哥把事情一说,就认定这摊主不会是个好东西,哪会轻易把钞票退出来。对付这样的家伙,也得要点手段,于是就一边安慰毛哥去要钱,一边动开了脑筋。

一出假戏,讨回了公道! 故事当天就在广州城里传开了。

(柯小玲)

老虎肉

　　有位姓耿的北方客人，初次出差去上海，在火车上听几个南方人说上海个体户小饭店有老虎肉卖，兴奋得不得了，下决心这次到上海滩，定要品尝一下老虎肉的滋味。

　　下了火车，住进旅馆，办完公事，这位姓耿的客人便兴致勃勃地走上街头，一条马路一条马路地打听啥地方有卖老虎肉，凡看到个体户小饭店，他都要上去问一问。人家看他这副样子，以为他神经有毛病。

　　眼看天渐渐暗下来了，耿客人脚也走酸了，嘴也问干了，馋涎欲滴的老虎肉却毫无踪影。耿客人垂头丧气，正欲回头准备回旅馆去休息，无意中看到对面马路拐角处有一家个体户小饭店，门面装修一新，店名"野味餐厅"四个字特别耀人眼目。这老虎肉不就是最高级的野味么？耿客人想着，两只脚不由自主地朝对马路走去。

走近了一看，店门口还有一块用彩色笔写着的广告牌：数天下野味，唯我最特色，吃南北奇珍，独此一家村。

耿客人连读两遍，这"特色"、"奇珍"岂不就是老虎肉？"野味餐厅""一家村"，火车上那几个人说的个体户小饭店，肯定就是这一家。耿客人乐得差点拍手笑出声来，真是踏破铁鞋无觅处，得来全不费工夫！他满心喜悦，大步跨进店堂。

餐厅老板姓崔，名发财，有人叫他"吹发财"，也有人叫他"臭发财"，他都不介意。他是个棺材里伸手死要钱的人，只要有钱发财，叫什么都无所谓。此刻，崔发财看到有客人进门来，连忙笑脸相迎："欢迎光临，先生请随便坐。"

耿客人道谢告座，一面孔的兴致勃勃。崔发财开口道："先生满面春风，一定有喜事临门，是该好好吃一顿庆祝庆祝！"耿客人说："哪里哪里。我……"他本想点明自己是专门来吃老虎肉的，但话到嘴边，却觉得还是先试探一下为好，于是改口说："我是特地来品尝贵餐厅的特色野味的，小吃，小吃！"

崔发财一听这"特地"两字，顿时眉飞色舞起来："听口音，先生是东北来的。你们东北客人都是第一流的吃客啊！"说着，躬身递上一本"野味菜谱"，"请先生随意挑选，本餐厅的野味都是最有特色的！"

耿客人要紧接过来一看，猪肉、鸭肉、羊肉、牛肉、狗肉……样样肉都有，就是没有老虎肉。耿客人失望地摇摇头，合上本子问道："老板，没有更特色的吗？"

崔发财一听，心里微微一惊：这老兄看来是个吃客。想想这几个月附近新开出好几家小吃店，弄得自己生意越来越清淡，有时候一天也来不了几个客，今天好不容易"特地"上门来一个，可不能让他跑了。崔发财堆起一脸的笑容，拉着耿客人说："先生，你要吃什么尽管说,我这里店面虽小,但货源充足,今天保你吃得满意。"崔发财胸脯拍得"嘭嘭"响。耿客人指指外面广告牌,说:"我就是来吃这个'奇珍'的。"

崔发财心里乐了:这种广告么,都是噱头话,这个东北佬居然会认真起来,真是天助我也,合该要发财了。他眼珠一转,故意压低声音说:"奇珍当然有,先生你今天算是走对门路了。不过,先生舍得花钞票吗?"耿客人立即答道:"只要货真价实,贵一点我也情愿。""那好,先生真是个爽快人。"崔发财决定今天要狠狠敲一记这个傻乎乎的东北佬,尽管原来菜谱上的东西都是十有九缺货,他还是信口雌黄地吹起来,什么"熊掌"、"猴脑"、"莽背",甚至吹到了南极"企鹅肉",就是想不到北方"老虎肉"。

耿客人也是个耿脾气,今天一心指望吃老虎肉,其他什么东西也听不进去。他气得站起来,说:"老板,看来你是存心留下老虎肉不肯卖给我吃。"拎了皮包就要走。崔发财简直不相信自己的耳朵,不过脑子也还算转得快:"先生当真要吃老虎肉?行,你有胆量点这只菜,我就烧给你吃,实在是因为过去无人敢问津,所以我刚才故意不提,还请先生多多包涵啊!"

耿客人一听总算有老虎肉吃了,也不计较老板的话,重新欢欢喜喜坐了下来。崔发财一边安排耿客人重新坐定,一边脑子飞快地转开了:老虎肉是绝对没有的,那么用什么肉来代替老虎肉呢?这种发财良机千载难逢,一定要干得巧妙。崔发财转头就朝后面厨房跑,耿客人喊住他:"老板,老虎肉啥价钱?"崔发财一挤眼:"先生,你特地上门,也是看得起我们小店,便宜点,就十元钱1克吧。"耿客人喜出望外:"不贵么!"崔发财又问:"先生喝什么酒?"耿客人说明自己晚上还有事,就不喝酒了。崔发财说了声"先生请稍待",便钻进厨房忙开了。

耿客人情绪大振,解开领扣,挽起长袖,一副吃老虎肉的架势。没多少时候,只听得里面一声叫:"来啦!"只一眨眼,一只小碟子放在了耿客人的面前。耿客人一看，小小的碟子里，一片片红兮兮、亮晶晶的肉片，整整齐齐地排列着。老虎肉是稀世奇珍，物以稀为贵嘛，这个道理耿客人岂能不知？所以今天碟子里的肉越少，耿客人心里反而越得意。他舍不得一口吞下这些肉，便用筷子夹起一片，轻轻咬一丝，品品其味。

谁知这一咬，竟大煞风景，耿客人眉头皱了起来："这老虎肉怎么酸酸的？"崔发财笑着回答说："老虎肉里含有大量的氨基酸，这是最有营养的东西了，不酸就不是老虎肉！"

耿客人将信将疑地点点头，不放心地把肉放到鼻子前闻闻。这一闻，额上的眉头皱得更紧了："老板，这老虎肉怎么有股腥味？"崔发财又笑了："我说先生，臭豆腐你吃过吗？不是闻闻很臭，吃吃很香么？老虎肉就是这个样子，别以为现在闻起来好像有腥味，等一会吃下去，包你回味无穷，吃了还想吃。"

耿客人心一横，不管三七二十一，把小碟子里的肉三口两口全吞了下去，只觉得胃里一阵恶心。他不由叫了起来："老板，你给我吃的一定不是老虎肉！"崔发财："先生以前吃过老虎肉吗？"耿客人眨眨眼睛："我从来没有吃过。"崔发财"扑哧"一声笑了："既然先生从来没有吃过老虎肉，怎么知道我给你吃的不是老虎肉呢？"一句话，说得耿客人哑口无言。

耿客人只好自认晦气，哭笑不得地站起身，掏出十元钱摔在桌子上，赌咒发誓这辈子再不要吃老虎肉了。

崔发财脸上没了笑意："可是先生，你已经吃了我的老虎肉，总不能不付足这碟肉的钞票吧？"耿客人不明白了："我不是付了你十元钱了吗？"崔发财"嘿嘿"冷笑道："差远哩，你得付给我一千元！""什么？"耿客人大吃一惊。崔发财说："我事先讲得清清楚楚，老虎肉十元钱一克。先生，你吃下去的这客老虎肉是二两，也就是一百克，你自己算一算，应当付多少？"耿客人情知上了大当，气得浑身直哆嗦。只怪自己嘴巴贪馋，已经吞下了老虎肉，与这个奸诈的老板再争也没有用。他牙齿一咬："好吧，就算我出重价买个教训！""哗"拉开皮包，把一千元钱全数给了崔发财。

崔发财接过钞票，飞快地点着，完了，说声"不缺"，便得意洋洋地下起了逐客令："现在没事了，先生请回吧！"耿客人垂头丧气地提着皮包，正要走，忽然像想起了什么，站定道："不，老板，你还没有给我开发票呢！"

崔发财正乐着哩，一听要发票，想也没想，随手开了张"老虎肉 100 克，收人民币 1000 元"的发票，递给了耿客人。耿客人接过发票一看，眼前顿时一亮："老板，老虎是国家重点保护的野生动物，我吃老虎肉是犯法行为，我要去工商所坦白自首。不过你也逃不了，你就准备好等着罚款吧。"

崔发财一愣，没料到东北佬还有这一手，顿时急出一身冷汗："先生别开玩笑，你这么做不等于坑了我吗？"耿客人说："那你老老实实告诉我，刚才给我吃的到底是什么肉？"崔发财无路可走，只好坦白说："我哪里有什么老虎肉啊，我给你吃的，是老虎师傅的肉。"耿客人又不明白了："什么是'老虎师傅的肉'？"崔发财吞吞吐吐道："老虎不是拜猫为师傅吗，昨天我正好在垃圾箱边捡到一只死猫，拿回来剥了皮，想冒充野兔子肉卖，你要吃老虎肉，就拿来给你吃了。"

耿客人真是听得气不打一处来，恨不得跑上去扇老板两记耳光，他怒吼道："好哇，二两死猫肉，你要收我一千元，我看你这价钱倒真是老虎肉呢！""本来嘛，"崔发财嘀咕道，"上海人讲'老虎肉'，就是讲它价钱贵嘛。"啊？话到此时，耿客人方才大悟：自己对火车上几个南方人的议论领会错了。

崔发财自知把柄捏在耿客人手里，无可奈何之下只好断了发财的念头，把一千元又还给了他。耿客人鄙视地瞧了他一眼，掏出发票，撕得粉碎，大步跨出了店堂。

（姚震霖）

化 险 为 夷

智慧是产生方法策略的根源,当方法、策略达到出神入化的时候,可以说,智慧就被发挥到顶峰了。

　　一天深夜，毕矮有一位在县衙里当差的朋友来找他，说是上任不到三个月的知县黄敬请他去一趟。毕矮二话没说，跟着朋友拔脚就出了门。

　　进得县府，只见那位黄知县满脸愁容，双眉打结，正在唉声叹气哩。黄知县一见毕矮到来，连忙请毕矮上座，然后深深地作了一揖，说："下官不幸，想请先生帮忙，如能化险为夷，先生之恩，终身不忘！"毕矮听了，连忙摆摆手说："大人到任以来，清正廉明，全县平民百姓有口皆碑，我平时虽爱打抱不平，但只是找那些歪官恶吏、土豪劣绅，大人做事光明正大、褒贬分明，我对大人衷心敬佩，不知今日大人叫我来有什么见教?"黄知县一听，原来毕矮理解错了，忙说："毕先生千万别误会，下官到任后，深深佩服毕先生为人刚直仗义、智谋过人，今天请先生到此，实在是想请先生解我倒悬之急。"于是他把一件棘手的事原原本本地讲给毕矮听。

原来，黄知县的一颗县印这天不翼而飞了。这事，很有可能是一位姓胡的狱吏干的。这胡狱吏贪赃枉法，被黄知县一眼洞察，当众训斥过他，于是便怀恨在心，一意图谋报复。为此，他接近掌管黄县印信的黎文书，对黎文书小恩小惠、吹吹拍拍，不到几天，他俩居然换了帖，成了把兄弟。这天胡狱吏趁黎文书不在，就下手把县印偷走了。事发后，黄知县把几位亲信幕僚召集起来一商议，觉得事情很糟：胡狱吏虽然存心干此勾当，但没有证据，抓了他，他不会认账；但如果惹得他狗急跳墙，故意把印一丢，咬定没偷，既不好办罪，又拿不回县印；事情闹得上司知道了，黄知县不但要为此丢官，而且还要办罪；如果请胡狱吏来好好商量，大家估计他一定会矢口否认，因为他怕落个把柄在知县手里，自讨苦吃。几位幕僚思来想去，都感到十分棘手，一直弄到半夜，还拿不出一个上策来。最后，毕矮的这位朋友就向黄知县推荐了毕矮，黄知县久仰毕矮大名，所以特地请他来商量对策。

毕矮听完黄知县的叙述，沉吟半晌，本想不管这种官场之事，但转念一想，黄知县是个好官，而那姓胡的平日行为不端，毕矮也早有所闻，这种蓄意害人的人让他逍遥得逞，心里很不舒服。于是他当机立断，对黄知县说："大人不必心焦。依我的话，从明天起，你装病三天，不见客，不办事，公文一概停发，消息可千万别走漏。三天后，我自有良策，拿回县印。"

黄知县听了满心欢喜，依计而行。

到了第三天午夜，县衙的公堂上突然失火，烈焰腾空，全城震惊。黄知县急忙下令所有属员差役入衙救火，黎民百姓在外取水，违者重处。此时，锣声大作，人声嘈杂，那姓胡的狱吏当然也不敢违令,匆匆赶来救火。黄知县一见,连忙喊住他,当着众人吩咐:"现在大堂上人多手乱,我要亲自指挥,你不必去了。这里有县印一颗,你拿回去好生保管,只要管好县印,就算你救火有功。"说完,把印盒子递给姓胡的,转身指挥救火去了。

慌乱中,姓胡的接过县印盒,一见上锁密封,才知中计,可这时黄知县已不知去向,他只好捧了个空盒子回家。

当晚,火扑灭了。第二天,黄知县升堂,论功行赏,胡狱吏捧着个印盒子呈了上来,黄知县当众打开,只见一颗黄灿灿的县印端端正正地放在印盒里。胡狱吏落得个火烧乌龟——有苦说不出,当然,黄知县也只装不知,照例赏赐了他。

这以后,黄知县和毕矮成了莫逆之交。当地那些污吏恶绅也都不敢再横行不法,因为上有黄知县,下有毕矮,邪气不敢上升。可惜这位黄知县由于正直而得罪了上司,不到一年竟被降了官,调离了。

（李韩林　搜集整理）

珍珠

　　光绪二十六年,苏州城内观前街上有家"聚宝当"当铺,掌柜姓王,还有个小伙计,名叫苏小安。

　　这天清早,苏小安刚卸完门板,一个身穿玄色马褂、留着八字胡的中年人就走进店铺,掏出一个红绸布包,双手捧着搁到柜台上。王掌柜打开红绸布包,翻开白棉纸,见是一颗又大又圆又亮的珍珠。他拿起珍珠细细地打量了一番,就问站在柜台外的中年人:"你要当多少钱?"那中年人伸出一个手指头,说:"一百两。"王掌柜拿着珍珠又看了看,心想:这样的珍珠是少有的,一百两值得。就转身喊了声:"入号!"随即吩咐苏小安开当票,付银两,并关照中年人,若一个月内来赎,按月利二成,得付一百二十两银子。中年人点头称是。

　　中年人前脚刚走,苏小安小心翼翼地叫了一声:"师傅。"王掌柜问:"什么事?"苏小安说:"师傅,你再把那珠子看一看,我们会不会走了眼?那人进店时神色不对,你看珍珠时他十分紧张,而你同意他当一百两银子时,他马上面露喜色,一拿到银子,真恨不得一步跨出门槛。所以我想,师傅你还是再看看的好。"

　　王掌柜听他这么说,不由拿起珍珠走到窗前,仔仔细细地看起来。看着,看着,他有些吃不准了,索性拿起小刀刮。一刮,掉下来的不是粉而是片!原来,这是颗用琉璃做的假珍珠。

　　这下,王掌柜心里可凉了半截。他想:送出去一百两银子,收到的却是颗假珍珠!那人肯定不会来赎了,我就是卖儿卖女也凑不上这一百两银子呵。

　　这天,王掌柜连晚饭都没有吃,直到掌灯时还呆呆地坐在房里,一动不动,他越想越绝望,就解开自己的裤带,往房梁上搭。刚想自尽,苏小安走进来了,连忙说:"师傅,你怎么去寻短见呢!"王掌柜哭着说:"我思前想后,实在是走投无路了!"苏小安说:"师傅,事到如今,只有死马当作活马医了。你拿出二十两银子来,我替你想想办法。"王掌柜想:事到如今,也只好碰碰运气了!就把枕头边准备往家寄的仅有的二十两银子交给了苏小安,说:"师傅这条老命就系在你身上了。"

　　第二天一清早,苏小安带着二十两银子来到苏州最大的饭馆——松鹤楼,在底层订了四桌酒席,并请饭店里的人在店门口贴上大红启事:"'聚宝当'王掌柜宴请苏州全城典当业。"到第三天中午,嗬!苏州全城典当业的人都到了松鹤楼,场面很大,外面看热闹的也很多。酒过三巡,苏小安站了起来,手里托只红木盘子,一颗用红绸布包着的珍珠放在盘中央。他说:"各位师叔师伯师兄,我们师傅王掌柜走了眼,把一颗假珍珠当了一百两,当然那人是不会来赎啰,今天请各位来看一看,以吸取教训,引以为戒。"说完,那颗中年人拿来典当的假珍珠就在几桌酒席间传来传去地看，这个说："要是没眼力，倒实在难分。"那个说："噢，这就是用琉璃做的？简直与真的一模一样。"

待大家看完了，外头凑热闹的人也挤进来看了两眼。这时，苏小安手里拿起一把小铜锤，当着众人的面朝珍珠砸了下去，"咔嚓"一声，顿时震动了整个厅堂的人。站在旁边的王掌柜着急地说："你怎么把它砸了呀？"苏小安说："留着也无用，只要大家记取教训就是了。各位还是尽兴喝酒吧！"大家喝完酒，一抹嘴，先后告辞了。王掌柜见戏演完了，不但一百两银子没追回来，反而又破费了二十两，心里很不高兴。苏小安却劝他说："师傅，别着急，今天才第三天，有没有名堂，还得看明天。"这一夜，王掌柜真是长夜难眠，好不容易熬了过去。

第四天一大早，当苏小安把门板刚卸掉，嘿嘿，只见那个身穿马褂的中年人笑眯眯地走了进来，从身上解下褡裢，将一百二十两银子放在柜台上，又将当票往台上一搁，说了声："赎！"王掌柜不看当票倒也罢了，一看顿时浑身发抖，黄豆般的汗珠直往下掉。心想：如果珍珠还在，我就不怕他来寻事生非，可眼下珍珠已被苏小安砸了，我拿不出东西，只得听他摆布了，哪怕他说这珍珠值两千两银子，我也得给呀！王掌柜正在六神无主的时候，苏小安不慌不忙地走到这中年人跟前，说："你要赎吗？"那人点了点头。苏小安接过一百二十两银子，变戏法似的转手从柜台底下摸出一个红绸包，递给中年人。中年人打开一看，白棉纸里，裹着一颗又大又圆又亮的珍珠，顿时像掉了魂似的，呆若木鸡地站在那儿一声不吭了。苏小安对他说："你的原货在此，银子过称，好，一百二十两，银货两讫。"那中年人哆哆嗦嗦地将珍珠塞进马褂，两腿发软，跌跌撞撞跑了出去。

这时，王掌柜"扑通"一声在苏小安面前跪了下来，说："你这一招是怎么想出来的？"苏小安连忙扶起王掌柜，说："我们请全市典当业主在松鹤楼喝酒，并当场砸碎珠子，这事搞得满城风雨,肯定会传到他的耳朵里,他知道后,必定会到店里来赎当,想趁机再捞一把。但他不知道,我砸碎的并不是他那一颗,而是我请人另外仿做的!"

王掌柜听了连连点头,称赞苏小安聪明能干,帮他逢凶化吉,遇难呈祥。这天晚上,他招呼大伙计、二伙计打酒烧菜,热热闹闹庆贺了一番。

（黄正勤　王晓鸥　搜集整理）

"听我的安排"

　　晚秋,一个寒冷的夜里,一个初出茅庐的小偷悄悄地潜入了一户人家。

　　主人立刻发现了。但他一点也不着慌,悄悄地摇醒了睡在旁边的儿子,对着他的耳朵低声说道:"我告诉你,好像是小偷进来了,你别出声,你就装作没发现他的样子,听我的安排。"

　　然后,他故意大声说道:"……这事我还从没对人说过,我年轻时做贼,才积了这么多钱。做什么买卖都是一样的,开头特别难,一潜入别人家里,浑身就抖得没办法。每到这时,我就一屁股坐下来,抱着胳膊一动也不动,这样就能渐渐镇静下来。"

　　那个初出茅庐的小偷,听到主人的说话声吓了一跳,立刻藏到放在屋角的石臼后面。莫非刚进屋就被发觉了?他紧张极了,不管怎么想镇定,身子却一个劲地抖。可是听到后来,原来这家主人从前也做过小偷呀,他积了这么多的钱,那一定是一个相当有本事的贼了。

小偷听主人说发抖时要坐下来,抱住手臂一动不动就行了,于是就一屁股坐了下来,果然,身子不抖了,人真的镇定下来了。

他侧耳一听,主人还在说下去:"……我好容易潜进了屋,可一直到深夜,那家人还醒着,有时很不好下手。在这种时候,有一个好诀窍:要不怕冷,脱光衣服,然后把脱下来的衣服塞到石臼或是木桶里。也真怪,这么一来,那家人马上就会入睡。"

小偷一听,庆幸自己这回听到了一个好办法,于是顾不得冷,赶紧脱衣服,然后把脱下的衣服塞到石臼下边。

这时候,主人的说话声立刻停住了。

好了好了,小偷悄悄地溜进屋里,把手伸向衣柜屉子。

主人和儿子"忽"地一下从床上蹦起来,大声叫道:"小偷,抓小偷!"

小偷跳起来就逃,可因为他赤着身子,一逃出门就被巡夜的人发现,给捉住了。

(邓三雄 等编译)

饼

屑

　　一天晚上,丈夫喝了很多酒,醉醺醺地回家,他撞门踢凳,大呼小叫地进了屋,叫妻子给他煮咖啡。"快点,女人!"他吼道,右手抓着一个吃了一半的饼,在空中挥舞着,"如果我吃完这块饼,你的咖啡还没有煮好的话,我就和你离婚!"按照当地风俗,丈夫如果对妻子说"离婚",就等于给了她一道判决,妻子是不能更改反悔的。

　　可怜的女人双手直哆嗦,赶紧拨开炭火,把水倒入黄铜咖啡壶。但是,水还没有煮开,她丈夫的饼已经吃完了。于是,他对她说:"去,回你娘家去!"

　　第二天,丈夫睁开眼睛,不见了妻子,才感到自己好像做了一场噩梦,他很后悔,因为他很爱他的妻子。而且最糟糕的是,妻子出身名门,她父亲是大集市的老板,以后的报复肯定不得了。思来想去,丈夫便心情沉重地去见仲裁人卡迪。

丈夫流着眼泪,噎塞着嗓子眼儿,讲了一遍事情的经过。卡迪说:"覆水难收,这就是教规的判决。"丈夫恳求说:"请您想想办法,我的命运全掌握在您手中啦。""我没有办法,"卡迪对他说,"如果走投无路的话,我带你去见达扬,一个渊博而机智的人,他也许会有办法。"

第二天,他们来到达扬家。达扬听完了他们的叙述,双目微闭,捂住额头。过了一会儿,达扬睁开眼,突然问道:"你吃的饼是新鲜的还是干硬的?"

丈夫觉得这问题很怪,他回答道:"干硬的。可这又有什么用?""那么,"达扬建议道,"你马上到你岳父家去,叫你妻子跟你回家。她没有和你离婚,也没有被赶出你的家。"

丈夫不解地瞥一眼卡迪,卡迪也觉得很奇怪,他小声地问达扬:"您是怎样得出这个结论的呢?"达扬笑着对丈夫说:"请把你昨晚对妻子说过的话向卡迪复述一遍。"丈夫想了一下,复述道:"如果我吃完这块饼,你的咖啡还没有煮好的话,我就和你离婚!"

达扬说:"关键就在这里。你妻子将重新回家为你煮咖啡,像平常一样,而你赶快跑到炉边地毯上去,把昨晚吃干饼掉下的碎屑扫拢来。只有到所有的饼屑都进了你的口,你才算把这块饼吃完。那样,我想你妻子就会有足够的时间煮好咖啡了。"

丈夫喜出望外,出门叫了一辆四轮马车,接他的妻子去了。

(曾国平 编译)

机智的裁缝

　　意大利某地有一家小有名气的裁缝店,老板是个矮小而自负的人,他家里四代都是干这一行的,所以他对自己的手艺很自信。

　　这年春季的一天,店里来了一位满脸杀气、大腹便便的顾客,他就是本地黑手党头目加斯蒂里亚。加斯蒂里亚一踏进门,店堂里顿时一片肃静,大家小心翼翼地顾自干活,老板满脸堆笑地迎上前去。

　　加斯蒂里亚是来定制衣服的,他要求把他的上衣做得宽一些,这样可以为那支带套子的手枪留出地方。他还要求在马甲上加添一个宽尖带褶的翻领,为的是把人们的眼光从他那沉甸甸的肚子上移开。并且马甲的前胸还要留一个圆孔,这样那条镶钻石怀表的金链子就可以显露出来。

这种式样怪异的衣服老板从来没听说过,现在这个魔鬼头目要,老板不得不去做。一连几个星期,老板使出了浑身解数,打了好几次样,最后才在加斯蒂里亚送来的料子上动手,赶在约定交货的前一天,把这套衣服做好,老板心里好不得意。

第二天,加斯蒂里亚就要来取货了,说好下午四点钟来的,可是在一点钟的时候,老板突然发觉挂在架子上的这套得意之作,裤子的左膝有一条一寸多长的破口。老板又恼又怒,大叫起来。一个学徒供认:他曾在这套衣裤未上架还放在裁缝桌上的时候,在上面摆弄过剪刀,可能就是那时闯下的祸,但他确实一点儿都不知道。

现在怎么办?老板又生气又着急,他知道加斯蒂里亚不是一个容易对付的家伙。老板木呆呆地站了几分钟,伙计们都吓得一言不发,那个学徒躲在角落里一个劲地哭着。

老板心烦意乱,一个又一个解决办法在他脑际闪过:把裤腿上的破洞遮掩得天衣无缝是办不到的;也不可能给他再重做一条裤子,裤料?时间?老板愁容满面地对伙计们说:"今天谁也没有时间午休了,我希望大家想想办法,使我们有可能躲过这场大难,加斯蒂里亚的为人你们不是不知道。"

老板让徒弟们拉下窗帘,锁上铺面的门,自己坐在屋子当中,两手使劲地抱着头,不时地抬起头来看看摆在他面前的那条裤子。突然,他打了一个响指,站直了他那仅有的五点六英尺高的身材,眼里闪动着火花:"我想出办法来了!"他宣布,"我可以在裤子右裤管上也剪开一条口子,与左面的那一个口子完全一样。"

"你疯了!"一个年高资深的师傅嚷道。

"让我把话说完。"老板使劲地用拳头击了一下桌子,"剪开了同样的口子以后,我们可以用完全相同的装饰性花纹把两个破洞缝好。然后,我们可以对加斯蒂里亚说,这是最新的一种款式——膝部翼梢式。"

裁缝们一个个瞪大了眼睛。

"可是,"一个年纪稍轻的师傅说,"加斯蒂里亚会不会注意到我们自己却没有穿这种所谓赶时髦的新款式?"

"你问得好,"老板点点头,"我们也要赶这个时髦。我们也把我们的裤子剪开,然后再做上同样的花饰。"还没有等到那个师傅提出异议,老板很快地又补充说:"但是,我们不剪开我们自己的裤子,我们可以剪寡妇柜上的那些。"

大家的眼光一下子集中到锁着的那个衣柜上,在那里,挂着数十条现已去世的男子的裤子,遗孀们不愿意见物伤情,所以她们把故去配偶穿过的裤子送到店里来,卖给那些过路的陌生人。

老板飞快地打开衣柜,把里面的裤子一条条地抛给他的伙计们,催他们快快试穿,他自己也找了一条合适的。随后他又赶快拿来为加斯蒂里亚做的新裤子,在右膝上剪了一刀,飞针走线,做成一只展翅飞翔的小鸟图案。

"伙计们,你们瞧着点!"老板把自己首创的"膝部翼梢式"裤型展示在大家面前,断然命令道,"快,你们就按这个样子,快把各自的裤子改好!"

老板埋头整饰那条惹麻烦的裤子,紧接着又为自己改好了那条从寡妇柜里找来的裤子,并且把它套上了身。裁缝们跟着他整整苦干了两个多小时。

四点缺五分的时候,老板欣赏着自己干完的活计,表现出了不寻常的镇定。他吩咐一个伙计到门口放哨,等待加斯蒂里亚的到来,其余的人排列成行,自己则把加斯蒂里亚的新衣裤挂上衣架,擎在手上,这时候熨烫的余热还没有从衣服上散尽。

四点刚过,放哨的伙计慌慌张张地跑进来,说:"来了!"只见一辆黑色的汽车"吱"一声停在裁缝店门前,全副武装的车夫打开门,加斯蒂里亚走下车来,他身后跟着贴身警卫。

加斯蒂里亚一走进门,老板就热情地对他说:"绝妙的复活节新装正等待着您哪!"

加斯蒂里亚一言不发地示意让卫士给他脱去外衣。那澄澄亮的盒子枪在他胸前晃动,伙计们的心都被吊了起来,是凶是吉,实难预料啊!

卫士替加斯蒂里亚套上新衣,扣上纽扣,加斯蒂里亚在三面试衣镜前深深地吸了一口气,从各个角度欣赏着自己。

老板又递上了裤子,微微地弯了一下腰。加斯蒂里亚接过裤子,走进试衣室,随手关上了门。有几个伙计开始在店堂里踱来踱去,外面唯一听得到的声音是加斯蒂里亚在试衣室里换裤子的响声:鞋子落在地板上的"扑通"声,腿伸进裤筒的"沙沙"声。

突然,一声粗重的吼声从里面传了出来,门"砰"的一声开了,加斯蒂里亚手指着裤子的膝头叫道:"你们这是怎么搞的?"

伙计们惶惶后退。老板硬着头皮迎了上去,故作轻松地说:"难道您竟然看不出我千方百计为您献上的这份敬意吗? 这叫我感到多么忧伤,多么委屈!"

还没有等到摸不清头脑的加斯蒂里亚开口,老板紧接着说:"既然您要我说清楚我是怎么搞的,那么显然您是没有领会到我所做的都是为了使您跻身现代社会这一番苦心,只有这种现代派头才符合您的身份。那天您来订做衣服的时候,我就看出您不同于本地的土包子。您说您去过美国,见识过新大陆,我还以为您已经领略现代潮流了呢! 唉呀,可真是,新衣服不见得使人更新见识……"

加斯蒂里亚一语不发。

吓人的冷场。

老板硬着头皮继续说道:"我当真希望您相信,我们的的确确是想为您做一套漂亮的服装。这裤子是照最新潮的式样设计的,可是看起来,这并没有得到您的赏识。我太失望了。"

加斯蒂里亚低下头,又朝膝部瞄了一眼:"最新潮的款式?"

"对,确确实实。"老板故作肯定地说。

"哪儿时兴这种新式样?"

"世界各大都会。"

"这儿不吗?"

"暂时还没有,"老板说,"您是本地第一人。"

"为什么这种最流行的新款式在本地从我开始?"

"呵,不不不,事实上您不是本地第一个人,我们这里的裁缝师傅都已经采用了这种款式。"说着,老板跷起了一只脚,"请您自己看看吧!"

加斯蒂里亚把他的膝部看了一眼,然后又把目光扫向整个房间。"明白了,"他说,"有的时候,人们需要一段时间才爱上一种新款式。"他把换下来的衣服交给卫士,自己穿上新装,付了款,然后便向门外走去。

当他走到门口的时候,那个捅娄子的学徒把门开得老大老大。

(邱华中　编译)

神奇的告示

　　蓉城南大街新开了一爿小吃店,店主是一对从农村来的小夫妻。

　　开张这天,小两口把店面装修得体体面面,包子馒头做得实实在在,开门仪式也搞得像模像样。可是,不知是新来乍到,既无熟人又无老顾客,还是怎么的,连夜赶做出来雪白喷香的包子馒头,摆出来时堆得像一座小山,过了一个时辰,仍然是小山一座。

　　这可急煞了店老板,愁坏了老板娘。俗话说:"开业大吉。"没想到开业第一天,热心肠就遇了个冷面孔。

　　就在老板和老板娘坐立不安的时候,远远走来了一个小伙子,一看就是个白面书生。小伙子一只手拿着几张毛票,一只手举着一本书,边走边读,正向他们这片小吃店慢慢走过来。

小两口见来了位顾客,仿佛喜从天降,不约而同起身相迎,一个笑容可掬,一个面若桃花,齐声道:"你是我们开张以来的第一个顾客,为了图个吉利,我们对你免费供应,你尽管吃个饱。"吃完,老板娘还泡了一杯茶递过来,供小伙子消受。

这小伙子也不多说话,边吃边喝。吃饱了,喝足了,起身付钱要走,小两口死活不肯收,推推搡搡,弄得小伙子耳根通红,挺不好意思。最后,小伙子没办法,只好收起钱,扫了一眼店堂,说:"老板和老板娘如此热情,我也就不客气了。不过,常言道:无功不受禄。你们看,我能帮你们做点什么呢?"

小两口一听,不禁觉得好笑:你这个肩不能挑、手不能提、小麦当韭菜、稗子当秧苗的穷酸书生,能帮我们做什么呢?但又转念一想:不对。俗话说:有智吃智,无智吃力。不可小看人家,兴许他还真能助我们一臂之力哩!

老板瞅瞅包子馒头山,对老板娘一眨眼,老板娘立即心领神会,便对小伙子说:"小哥哥,你这么热心肠,我们就不怕在你面前现丑了。我们刚来城里开店,人地不熟,没人捧场……"老板要紧接过话头说:"货真价实,薄利多销,是我们开店的宗旨。你是这城里人,人熟路广,又是我们独一无二的顾客,能帮我们招点顾客,撑撑门面吗?今天有顾客吃了我们的东西,明天我们就不愁没人替我们张扬。"

"小哥哥,拜托你了。"说着说着,小两口差点儿动了感情。

小伙子听罢此话,皱起眉头想了想,然后笑道:"这不过小事一桩,我答应了。请拿纸笔来,我替你们写张告示。"

小两口见小伙子答应帮忙,高兴得眉飞色舞,后来知道只不过帮忙写一张告示,顿时又像腊月天落进了冰窟窿,心想:开业广告我们贴了,开门鞭炮我们放了,过路人都视而不见,充耳不闻,你再写一张告示,还不是猫帮狗咬月亮,白费了口舌?但是既然开口求了人家,人家好心答应帮忙,总不好再改口反悔。老板只好备了红纸笔墨,死马当着活马医。

小两口没了指望,也就冷淡了小伙子,忙自己的事去了。小伙子写好告示,自己掇了条长凳,将告示贴在店门口,就离去了。

不料,小伙子走后,顾客一个接一个来了。起初,还像小鱼上水,后来,简直就如蚂蚁搬骨头,成群结队了。

两个时辰不到,包子馒头山就被搬得一干二净,小两口乐得合不拢嘴,怀疑自己遇到了神仙。

小两口卖完了包子馒头,闲着无事,就好奇地来到门口,想看看小伙子写的到底是什么告示。他俩一字一句读完,不禁"扑哧"笑了起来。

原来,告示上面写道:

各位顾客:

　　本店今日逢吉张业,昨夜由于紧张忙乱,老板娘不慎将一枚24K金戒指揉进了面粉,找了好久,没有找出来。敬请各位顾客食用本店包子馒头时务必小心注意。如果顾客吃进肚子造成事故,本店负责承担一切费用;如果哪位顾客发现了戒指,没有食下造成麻烦,此枚戒指我们权当礼物相送,不必归还。特此告示。

　　　　　　　　　　　　　　　　　本店
　　　　　　　　　　　　　　　　　某月某日

　　　　　　　　　　　　　　　　(施北远)

智斗歹徒

　　青年女工杨小兰,聪明美丽,性格开朗,嫁了个丈夫也不赖,要貌有貌,要才有才。不幸的是,小兰脸上突然生了个瘤,而且长得特快,俏美人一下变成了丑八怪。到医院一检查,说是恶性肿瘤,医生还悄悄告诉她丈夫:"她这病,目前全世界都没人能做手术,不用到处折腾了,还是买点好东西给她吃吃吧。"

　　丈夫听了这话,心都冷了一半,再看看妻子那模样,更觉得恶心,于是整天唉声叹气的,待她也一日不如一日了。但杨小兰并不责怪丈夫,反而笑笑说:"我不想连累你,咱们离婚吧。"就这样,夫妻分了手,杨小兰过起了独身生活。厂领导劝她休息,她说:"我是个快死的人,等死不如干死,活一天干一天,死了也算革命到底了。"杨小兰除了弄点偏方治病,还是照常上班。

这一天,杨小兰下班回来,正打算烧饭,突然闯进个人来,这小子二十四五岁,满脸杀气,手握一支枪,顶住杨小兰的脑门,喝道:"老实点,不然就废了你!"

杨小兰先是一惊,随即明白了是怎么回事。她冷冷一笑,说:"你想干啥? 有话就说,有屁快放,别装腔作势,你那烧火棍吓别人行,对一个癌症患者来说,不起作用!"

歹徒打了个激灵,问道:"屋里还有什么人?""就我自个儿,过几天我蹬了腿,得换户主,不过换谁也轮不到你头上,你跟我一样,迟早的事儿。"

那歹徒牙齿咬得咯咯响:"算你会说话。快,来点吃的,老子饿了。"

杨小兰一听,打开橱门,说:"你看,生米你能吃? 是不是等一下,我给你做点,俗话说同病相怜,咱俩都是要死的人啦,我不疼你疼谁?"

"闭了你那臭嘴。"歹徒吼道,"快弄吃的,老子吃饱了跟你玩一玩,丑我也将就啦,哈哈哈!"歹徒拽把椅子,端坐,举枪,看着她。

怎么办呢? 杨小兰四下一看,厨房里侧有个后窗,但装着铁栅栏,慢说歹徒有枪,即使没枪,这膀大腰粗的家伙,对付个病弱女子,还不像抓只鸡一样容易?

杨小兰脑子里盘算开了。她拿刀切肉,想用刀砍那歹徒,可离着远了点儿,于是她拿着刀假装去找粉面子。歹徒立刻吼道:"把刀先放下。"你想想,就算是能靠近他,没等刀落下来,他的枪早响了。这该死的枪啊,落到坏人手里真是要命。

杨小兰又一次问自己:怎么办? 在饭菜里下毒? 可是没毒药,连安眠药也没有,如果让歹徒吃饱喝足流窜到外面,又不知该有多少人遭殃。而且那歹徒吃饱喝足了,说不定真会对自己施暴,然后再把自己掐死,或者打开煤气熏死……反正他不会让自己活着去报案。想到这里,杨小兰不禁打了个哆嗦,她从没怕过死,但这种死法她怕。

不过,杨小兰到底是杨小兰,炒好一个菜,她心里已经有了主意。她镇定自若地对歹徒说:"好事成双,我再做一个菜,陪你喝点酒。"接着,她涮了下马勺,把它坐在打开的煤气灶上,然后拿过塑料油桶,把里面的油全倒在马勺里面,足足有两斤左右。她一边利索地干着这一切,一边愉快地哼起歌来,随后就开始细心地切肉、拣菜。

歹徒心里暗笑:臭娘们,打算灌醉我呀? 哼,看我喝它两瓶酒照样打麻将。不过话到嘴边口气倒变了:"大姐,快点儿,兄弟真饿了。"

"这就对了,"杨小兰朝他笑笑,"是应该态度和气点,和气生财嘛,伸脖子瞪眼的你累不累呀? 今晚算是缘分,我这病鬼没人登门,说不上处出感情来,咱俩赶明儿到阴间成了鬼伴儿。"

"大姐,求你说点吉利的好不好?"

"看我这嘴。不过也没啥,人活百岁总是死,对不对?"

杨小兰有一句、没一句地搭讪着。这时,马勺的油上烟了,她借身体的掩护伸手把煤气开关关了。她的心"怦怦"跳得厉害,成败在此一举,无论如何不能让这坏种到别处再去害人。杨小兰是左撇子,她端起马勺,后撤一步,说:"唉,这饭怕是吃不成了,咋断了气呢?"

歹徒一听,刚才不是好好的吗,怎么又生出名堂来? 不由凑过来看。

说时迟那时快,就在这一刹那,杨小兰左手一马勺滚油整个儿泼在那歹徒的脸上,与此同时,歹徒的枪也响了,杨小兰倒在血泊中……

杨小兰醒来,已经是三天以后了,医生把她从死神的魔爪下夺了回来。歹徒那一枪打得真绝,恰恰从杨小兰的恶瘤处穿过,没伤着大脑,却把个恶瘤打得踪迹全无。杨小兰在医院里住了半年,经过整容,仍然是天仙似的一个美人儿,比以前更漂亮更动人了。她笑嘻嘻地说:"如今死不了啦,应该放点精力研究研究,子弹说不准能治癌,那东西谁不怕,何况是小小的癌细胞。"

再说那天枪响,惊动了左邻右舍,大家跑出来一看,只见月光下,那歹徒抱头鼠窜,手里还挥舞着枪。几个胆大的悄悄潜到他身后,一夺下他的枪,他就昏了过去。大家一看,他满脸没了皮,双眼看不见,有的地方已露出了骨头。送医院抢救,经审讯,原来这歹徒是个有七八条人命的杀人狂。杨小兰最大的遗憾是她出院后得知,那歹徒已被处决,血债累累,铁证如山,不需要杨小兰出庭。杨小兰后悔地说:"我应该给他送点好吃的,那家伙,枪打得太艺术了。"

（顾文显）

智　海　谐　趣

不但理性中有智慧，情感中也有智慧。一个人有多大的本事，全在于头脑。

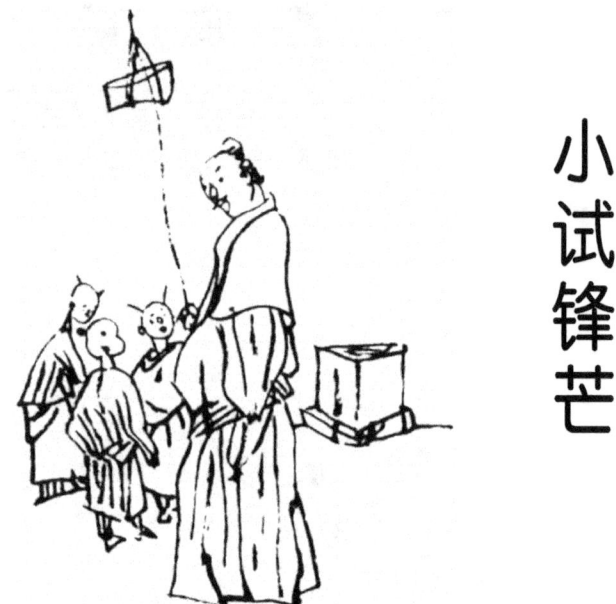

小试锋芒

　　有一年春天，徐文长的伯父想试试孩子们的聪明，拿了两只小木桶，装上水，把十来个年纪相仿的小孩子领到一座又矮又窄的竹桥旁边，说："孩子们，你们能把这两桶水拿过去吗？要是谁能够拿过桥去，我就送他一包礼物！"

　　"好！"孩子们一阵笑嚷，但再看看这座桥，却不敢了。原来，这座竹桥桥身很软，贴近水面，普通的孩子只能拿三五斤东西勉强过桥，否则桥身就会发软，弯下去碰到水面。

　　有个胆子比较大的孩子站了出来，他莽莽撞撞地拿起两桶水想走过桥去，可是上桥才几步，鞋底早已沾着水面。别的孩子见状，个个都怔住了。

　　徐文长见大家一声不响，便走出来说："让我来试试吧！"他脱去衣服、帽子和鞋子,先拿一桶水放到水里试试,见木桶没有沉下去,于是就找来两根绳子,分别缚住两个水桶,把两桶水在水面牵着,边牵边走,轻轻巧巧地过了桥。

"好哇!"孩子们个个拍手称好。

徐文长的伯父一边点头称赞,一边就把事先准备好的礼物取了出来。孩子们一看,咦? 这包礼物不是拿在手中,而是吊在一根长长的竹竿上面。伯父拿着竿子,对徐文长说:"礼物就吊在上面,你拿时要依我两桩:一,不能把竹竿横放下来;二,不能垫着凳子去拿。如果这样能把它取下来,这礼物就归你……"

伯父还未说完,其他孩子都争着想试一试,有几个甚至在竹竿下跳得老高老高,伸着手想去拿,但一点用处也没有。

徐文长站在一旁,不动声色,他仔细打量了一下长竹竿,想了想,就走上去,从伯父手中接过竹竿。他把竹竿拿到一口水井旁,然后将竹竿竖直,慢慢地从井口放下去,放下去,当竹竿放到和他身子一样高时,便笑嘻嘻地把礼物从竿头上取下来了。

(谢德铣等 搜集整理)

取
银
钱

　　西特诺猜回到家里，对妻子吹嘘道："今天皇上称赞我，说我的智慧胜过文武百官……"

　　"可咱们今天快要揭不开锅了，家里连半丹令也难找到！"

　　"别担心，我有办法，你想什么时候要钱都行，只消说一声！"

　　"明天，明天我就想发财！"

　　"可以，你等着。"

　　第二天上朝之前，西特诺猜便施展开了他的计划。他到这个官员那儿耳语几句，又到那个官员那儿嘟囔几声，之后，他就按着自己的老方式，痴呆呆地坐着。

　　文武百官猜不透西特诺猜这是什么意思，便三三两两议论起来。原来，西特诺猜和每一个人都说了同样的话，这就是："我可以洞察你的内心,你心里想的是什么我可以说出来。不信,咱们可以打个赌!"

那些官员对西特诺猜说,他们愿意当着皇上的面,和西特诺猜打赌,如果西特诺猜猜对了,他们每个人给他一丹令。

西特诺猜立刻表示同意。

那天,当皇上上了早朝,和文武百官处理完国事之后,官员们和西特诺猜便把打赌的事儿禀告了皇上。皇上一听,放声大笑:"赌什么不好,偏偏要赌猜人心,那么多人想的是什么,你西特诺猜怎么知道?我看你今天要名声扫地了。"

西特诺猜无所谓地笑了笑。于是"猜猜在座的百官心里想的是什么"便开始了。

西特诺猜说:"我完全知道在座的诸位尊贵大人心里想的是什么。当我把你们心里想的说出来,如果诸位认为我说错了,你们心里想的和我说的正相反,那就请诸位立刻提出来;如果认为我说得不错,你们心里想的和我说的完全一致,那么就请诸位按照定下的规矩,每人马上给我一丹令……"

西特诺猜停了一会儿,接着说:"在座的诸位大人心里所想的,我十分清楚,那就是,你们的思想十分坚定,你们的整个一生都要忠于对你们有着浩荡皇恩的圣上,永远不会图谋背叛和造反。你们每个人是不是都有这种想法?哪一位不是这样想的,请提出来!"

文武百官听到此话,一个个浑身出汗,呆若木鸡。谁敢反驳聪明机智的西特诺猜的这番话?谁要是蠢到对这几句话提出异议,那就等于对皇上宣布说自己是不忠的,是要背叛皇上、要造皇上的反的。没办法,在场的每个人都只好按照约定,各自给西特诺猜一丹令。

"我的天,"皇上说,"和谁打赌都行,可就是别和西特诺猜打赌!"

(栾文华 译)

三 兄 弟

从前有一个穷老头,他有三个儿子。他常对儿子们说:"我的孩子,我们没有牲口,没有金子,没有任何财富,这些都没有关系。可另一种财富你们不能没有,那就是要见多识广,事无巨细,必须仔细观察。要机警灵敏,要有清晰的头脑。有了这些财富,无论到哪里,你们都不会走投无路,一贫如洗。"

几年以后,老头死了。弟兄们聚在一起商量,决定到异乡去当雇工。

兄弟三人上路了。他们翻山越岭,一直走了四十天,终于一座都城出现在他们眼前。兄弟三人高兴起来,于是便加快了脚步。

离城不远了,老大突然停下来,看着地面说:"刚才这儿走过一头大骆驼。"走了不一会儿,老二看着路的两边,说:"这头骆驼瞎了一只眼。"他们又走了一会儿,老三说:"骆驼上骑着一位抱孩子的妇女。"

兄弟三人又往前走。一个人骑着马赶了上来。老大看了他一眼,问道:"你在寻找失物吗?"那个人勒住马,说:"是的,我是在找我丢失的东西。"

"你丢失了骆驼?"

"是丢失了骆驼。"

"骆驼特别高大?"

"对!"

"你的骆驼瞎了左眼?"

"是的,它左眼瞎了。"

"骆驼上坐着一位抱小孩的妇女?"

"是呀!"骑马人怀疑地看了看兄弟三人,说,"哦,原来我的骆驼在你们手里!你们把它藏哪儿啦?"兄弟三人一听,连忙说:"你的骆驼我们连看也没看见!"可是骑马人不相信:"要是你们没看见,怎么会知道得这么详细?"老大给他解释说:"我们是善于观察的人,这一切只不过是我们的推测。"骑马人哪里肯相信他们的话,气得抽出腰间的马刀在他们头上挥舞着,硬把他们押到王宫去说理。

骑马人来到国王面前,把事情一五一十地说了一遍。国王想了想,对三兄弟说:"喂,骗子们,回答我,你们把这个人的骆驼藏到哪儿去啦?"三兄弟心平气和地解释说:"尊敬的国王陛下,我们不是骗子,也从没见过他的骆驼。我们从小就习惯仔细观察,还学会了认真思考,所以我们虽然没有亲眼见到那头骆驼,却知道它的全部特征。"国王不相信地问道:"那么,没见到过的任何东西,你们都能详细地说出它们的特征来吗?""能!"弟兄三个显得十分自信。

国王决定试试他们,于是便叫来一个大臣,轻轻地在他耳边吩咐了几句。

大臣立即走出宫去,又很快地带了两个仆人抬着一口箱子进来。仆人小心地把箱子放在门前国王看得见的地方,随后退到一旁。国王对兄弟三个说:"喂,骗子们,你们猜猜这箱子里是什么?"

老大说:"哦,国王陛下,我们已经说过我们不是骗子。这箱子里放着一个很小的圆东西。"

老二补充说:"是石榴。"

老三又补充说:"还不很熟。"

国王命令道:"把箱子搬过来!"仆人把箱子抬到国王面前,国王吩咐打开箱盖。啊,箱子里果真放着一个还未成熟的石榴。大家对兄弟三人观察的精细和机敏感到惊讶。最感到惊异的还是国王本人,他吩咐拿来各种美味的食物款待他们,说:"你们先得给我说说,你们怎么知道这个人丢了骆驼?又是怎么知道这头骆驼的特征的?"

老大说:"根据地面上粗大的脚印,我知道在我们前面走过一头大骆驼,所以我断定这位赶上我们并四处张望的人是在找骆驼。"

老二说:"路右边的青草被吃光了,而左边的草没动过,所以我断定它的左眼是瞎的。"

老三说:"我发现骆驼在一个地方跪下过,一侧的沙地上留有女人的脚印,还发现小脚印,可见女人带有孩子。"

国王听得惊叹不已,又问:"可你们怎么知道箱子里放着一个没成熟的石榴?"

老大笑了:"木箱虽然是两个人抬进来的,可是看得出箱子并不沉,当仆人把它放下的时候,我听见有个圆东西从一头滚到了另一头。"

老二也很得意:"木箱是从花园里抬进来的,那就是说,这圆东西很有可能就是石榴。要知道,王宫附近就有很多的石榴树!"

老三手指窗外说:"看吧,眼下石榴正是绿色的季节,这您是知道的!"

国王向窗外望去,这才发现自己花园里的石榴树上,结满了尚未成熟的石榴。

国王赞叹地说:"是呀,你们没有金钱和财富,可你们有聪颖和智慧!"接着,又转向骑马人说:"他们不是骗子,你还是赶快到别的地方去找你的骆驼吧!"

(杨德治 编译)

参加婚礼

　　农夫和他的妻子被邀请进城参加婚礼,可是路途遥远,来回需要整整一天的时间,家里又有不少活要干,所以他们俩当中只能有一个人进城。

　　"你应该留在家里,"妻子说,"你常常进城,可我整年呆在家里,所以这回应该我去!"

　　"不,这不行,"丈夫说,"我还要和城里的朋友商量重要的事情。"

　　两人互不相让,谁也不想留在家里。

　　于是妻子提议:"我们可以问一下大山,究竟该谁参加婚礼。"因为山谷对面有一道会说话的山墙,如果人们向这道山墙喊话过去,它马上就给予回答。

这个主意丈夫也同意了,于是他俩面对山墙。

丈夫抢着大声问道:"我应该参加婚礼还是留在家里?"

"留在家里!"大山回答。

妻子冲着山墙也大声问道:"我应该留在家里还是参加婚礼?"

"参加婚礼!"大山回答。

"你听听!"妻子狡黠地说,"大山同意我参加婚礼!"

原来,妻子利用山谷回声的原理,在问话的时候,故意把"参加婚礼"放在"留在家里"后面,所以当她把话问完,他们能听清楚的回声就是"参加婚礼"!

丈夫还蒙在鼓里,他无可奈何地耸耸肩膀,只好留守在家里。

(李 山 编译)

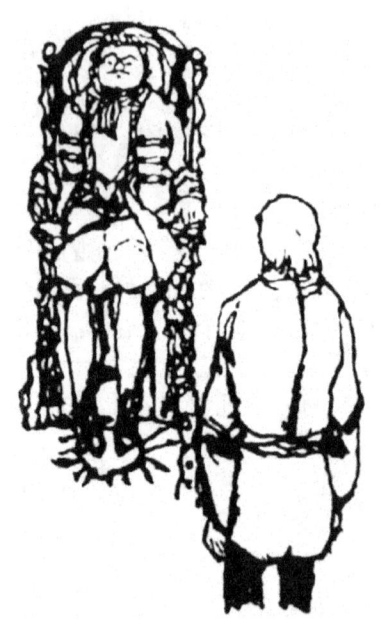

国王和农夫

　　从前有个国王，有一次和大臣们外出打猎时遇到了一个农夫。国王问农夫怎么生活的，农夫说："我一天赚十二个文丁，把它分成三份：一份交给我那已丧失劳动力的老父母，一份留给自己和老婆用，一份用来抚养子女。"

　　国王听了农夫的话很感兴趣，他要农夫保证在看到他一百次以后，才能把这个安排生活的事说出去，农夫答应了。

　　国王打完猎回到宫里，立即召集大臣，问他们有谁知道一个平民一天赚来的十二个文丁是怎么安排生活的。

　　大臣们想啊，猜啊，最后他们想到了国王打猎时遇到过农夫，于是就找到他。起先农夫拒绝回答，但后来在大臣们的逼问下，他只得说："我可以告诉你们，不过你们先要给我一百个金币。"

大臣们只得给他一百个金币,于是农夫就公开了自己的秘密。大臣们回到宫里,回答了国王的问题。

国王听了,立即把农夫叫来,对他说:"你真不老实!你还没见到我一百次,就出卖了秘密!"农夫说:"陛下,我已见到您一百次了。那些老爷们给了我一百个金币,那上面都有您的像。"

国王一听,不由连连赞叹:"聪明,你真聪明!"他问农夫要得到什么奖赏。

农夫说:"叫每个怕老婆的丈夫给我五个比索。""就这些吗?""是的,国王。我能有这些钱到手,就足够了。""那么,我立即发布告示。"

于是,就有许多许多五比索的钱币进了农夫的口袋。农夫发财了,坐上马车了。

有一天,农夫坐着马车经过王宫。国王在窗口看见了他,就把他叫进王宫。国王问:"你从怕老婆的丈夫中,只不过得到五个比索,怎么能发财呢?"

农夫没有直接回答国王的问话,他向国王讲了一件事。他说,他在路上遇到一个女人,这女人美得无法形容。谁知农夫正讲着,王后走来了,国王一见,连忙轻声对农夫说:"王后来了,你说得轻些。"

农夫连忙说:"陛下,那么您也是怕老婆的了?好吧,请把五个比索放在我的口袋里吧。"

国王只得给了农夫五个比索。

(忻俭忠 编译)

任性的妻子

　　麦锑一直认为丈夫应该是一家之主,可他的妻子丽莎却偏偏是一个倔强过头的女人,麦锑每次要她干一件事,她总是对着干,而且总是以她自己的意愿干到底,麦锑真拿她没办法。

　　不过麦锑是个有耐心的男人,即使他的朋友常常取笑他怕老婆,他还是尽量不和丽莎争吵,遇事总让着丽莎。

　　一年一度的秋收来临了,麦锑想邀请朋友们到家里聚餐,玩个痛快,可又担心一旦他向丽莎提出来,丽莎马上会宣布绝食。怎么办呢? 他动起了脑筋。突然,他脑子里闪过一个念头……对,就这么干!

　　几天以后,他对丽莎说:"收割节马上就要到了,今年你不要再做任何甜糕,家里太穷,朋友们不会来的。"

"穷？你在瞎说什么？"丽莎怒气冲冲地打断了他的话，"我们从来没有像今年这样富有。我不但要做甜糕，而且还要做得又大又好，请朋友们都来吃。"

"快做，快做！"麦锑心中暗暗喊道，但表面上却说："好吧，如果你做了甜糕，就不要做布丁，我们不能太浪费了。"

"就要浪费！"丽莎果然中了麦锑的圈套，"我要做布丁，而且是大布丁。"

麦锑假装叹了口气，转转眼珠说："布丁太差劲了，但是如果你做了布丁，叫人吃不了去喂猪，我们可要破产啦！"

"喂猪？你还想喂猪？我立即叫人把那头猪宰了。"

"那么，"麦锑继续说，"答应我，地窖里那些酒仅仅够我们维持到过冬，你就不要拿出来请朋友了，我们对付不了那场面！"

丽莎踩着脚说："你这家伙，疯啦？谁听说过吃肉不喝酒的？我们不但要有酒，而且还要去买咖啡。"

"哦，亲爱的！"麦锑假装叹息道，"不管如何，我自己不喝酒，我不喝，其他人也不会喝。我告诉你，那酒是我们过冬的。"

丽莎转脸盯着麦锑，发火了："你拿出主人的样子，和朋友们一起把每个酒瓶都喝干。要不，我可对你不客气！"

丽莎说完就转过身，根本不理睬麦锑。麦锑装出满不在乎的样子，心里却高兴万分。

收割节到了，朋友们都来了，酒宴十分丰盛，他们围着桌子喊啊、唱啊，麦锑的声音压倒了所有的人。直到这时，丽莎才明白自己上了麦锑的当。望着他兴高采烈、嘻嘻哈哈的样子，丽莎愤怒极了。

（吴忠民　编译）

有饭吃,不卖了

　　有两个年轻人谈恋爱,女青年的父母想了解一下未来女婿的人品,就叫女儿把男朋友带到家里来做客。到家之前,女青年叮嘱男朋友说:"我家有个规矩,吃饭的时候,总是主人给客人添饭,要是客人自己去添饭,我爸爸妈妈就会不高兴的。你可得记住呀!"

　　男青年笑着答道:"饭来伸手,何乐而不为也!"

　　这天,女青年父母准备了丰盛的佳肴美味,款待准女婿,宾主边吃边谈,颇为投机。男青年吃完第一碗饭,正要去添,突然想起女朋友的叮嘱,未敢起身,便等着主人给添。谁知事有凑巧,女朋友和未来的丈母娘已经下席去一边做其他家务了,陪着吃饭的未来的岳父大人三杯酒下肚,话匣子打开,正谈得眉飞色舞,也没发现客人的饭碗空空如也。男青年一时作了难:不吃吧,肚儿尚未填饱;吃吧,没人给添饭,又不好自己去添。怎么办呢?

俗话说:人急生智。男青年忽然灵机一动,想起一个绝妙的主意来。他开口问道:"伯父,你们打不打算修房子呀?"

"修倒是想修,可就是现在木料紧张,等有了木料再说吧。"

男青年说:"嘿,我们那里有个人有批木料,还是柏木,最细的都有这么大——"他说着,把碗一举。

主人这才发现客人的碗是空的,于是高声叫道:"老婆子,快添饭!"

男青年终于"转危为安"又吃上了饭,便不再提木料的事,可是主人还挂着这事,继续问道:"你刚才说的那批木料,他卖不卖?"

男青年搛了一口菜,吃了一口饭,答道:"他先前没有饭吃,打算卖,实行了责任制,有饭吃了,他就不卖了!"

(马显志)

老师做生意

　　土门小学有位老师，名叫陈中文，年龄四十出头，脑瓜子特别灵光。近年来，眼见许多娃娃跟着大人跑生意，失学的一天天增多，几个班合成一个班上课，他灵机一动，居然留职停薪到镇上做生意，开起了一家面店。

　　面店开张这天，陈老师一不张灯结彩，二不燃放鞭炮，却极其郑重地宣布了一条规矩：凡是来买面的人，无论男女老少，均可参加知识竞赛，优胜者按所购数量再加倍奖赏。

　　这事儿可真有点稀奇，人们一传十、十传百，店门口很快围起黑麻麻的一大群人，你三斤，我五斤，闹闹嚷嚷地抢购起来。陈老师看在眼里，乐在心头，等到当天擀的水叶子面、抄手皮、饺子皮已卖得差不多了，他就站到店门前的台阶上，拉开嗓门朝大家宣布："知识竞赛正式开始。"

顿时，店门口鸦雀无声，上百双眼睛紧紧盯住了陈老师。陈老师微微一笑，推推鼻梁上的眼镜，吩咐抬出几箱挂面，放在桌上做奖品，然后从身上摸出一副对联，抖开来贴在店门口，说："凡是一口气能将上下联念完、中间不停顿、不结结巴巴的，就算获奖，按所买的数量当众发给奖品。"

人们"轰"地一下叽叽喳喳议论开了，伸长脖子七嘴八舌念起来，但只念了几个字，许多人就卡了壳，慢慢变得焦眉辣眼了。你说啥原因？原来那对联上写的是：一案板面擀半案板面，半案板面擀一案板面。这是两句绕口令啊，可怜这些农民文化不高，有的连那个"擀"字都还认不得呢！你看，老头子、老太婆嘴巴撇了几撇，无法念；大姑娘、小媳妇你推我、我推你，羞羞答答谁也不敢上场；几个小伙子硬着头皮跳上台阶，众目睽睽之下也都结结巴巴、垂头丧气地败下阵来。

陈老师哈哈大笑："堂堂一个土门镇，辖九村十八寨，竟找不出一个能人，连这几个字都念不伸展，可悲也！可叹也！"他这一摇头晃脑，气煞了一位中年汉子，只见这汉子两眼喷火，一步蹦到陈老师面前，说："你、你莫小看人，你等着！"说着，猛一回头，"咚咚咚"地跑了。

陈老师推推鼻梁上的眼镜，双手抱在胸前，嘻嘻一笑："等就等嘛！看你能搬来啥救兵？"

这时，傻了眼的人们回过神来，有的摇头，有的叹气，有的恨恨地瞪着陈老师，大家分明感觉到：这老师是欺负我们没有文化，在捉弄我们呀！好在都是按正常价买的面，没得奖也不算吃亏。人们正打算散去，陈老师双手一拦："哎哎，诸位父老乡亲们，大家莫忙走嘛！"他见大家脚下收住了步子，笑着说："这种题目可能不大对大家口味，不过，你们肚皮里有啥知识，也可说出来商量嘛，我会重新出题目呀！"

陈老师这一说，人们又交头接耳起来。一个青年农民举举手中的秤杆，说："我们天天做生意，要算个啥数字，心头一默就出来了，比你们拨算盘还来得快，只要你来点加减乘除什么的，哪个龟儿才虚火！"

"是么？"陈老师瞥那小伙子一眼，"那我就出一道数学题，简单得很，你在一分钟之内算出来，这桌上的奖品就归你。"

"这可是你亲口说的哟！"小伙子大声嚷着，立刻跳上台阶，自信地拍拍胸口："你出嘛！"

"好！"陈老师一口气念出来，"三加二减五乘以零等于多少？"说罢看着表："给你一分钟。预备——开始！"小伙子一拍屁股跳起来：我的妈呀，这样简单的题目也来考人哪！三加二得五嘛，五减五得零，零乘以零，最终还不是个零包蛋呀！他心头一默，不过几秒钟，就叫起来："等于零嘛！"说着盯住了桌上的挂面。

陈老师忙拦住他，回头问大家："他算没算对呀！""对，等于零！""就是等于零嘛！"人们七嘴八舌地回答。陈老师不露声色："还有别的得数没有？"他这一问，将大家问懵了，你望我，我望你。大家心里都在说：这道题不就像和尚脑壳上的跳蚤——明摆着的嘛，除了零还会有啥别的得数呢？

大家正在疑惑不解，以为陈老师又在卖什么关子，忽然一个尖声尖气的声音叫道："等于五！"

陈老师一听，笑了。大家回头一看；啊！人群外面站着个十来岁的小男孩，胖胖的脸蛋，圆圆的大眼睛，显得十分机灵，他背后站着先前那位中年汉子，原来这娃娃就是中年汉子刚刚搬到的救兵。"晓锋！"陈老师认出这是自己学校一位退了学的学生，忙招呼他到台阶上来，要他当众给大家讲讲，为啥三加二减五乘以零等于五。

"好嘛！"晓锋背手昂头，像在课堂上回答老师的提问一样，大声说，"老师教过我们的，只要是加减乘除混合运算的题目，一定得先乘除，后加减，所以这道题要先做后面，五乘以零得零，再做前面三加二得五，最后五减零当然等于五哟！"

晓锋这一说，众人恍然大悟，那小伙子涨红了脸，知趣地退了下去。陈老师望望大家，一语双关地说："你们都喊等于零，肚皮里头不喝点墨水，做啥事都等于零啊！"一席话说得许多人低下了头。

这时，陈老师又拉过晓锋，让他念门上的对联。这娃娃闪着大眼睛看了一遍，就大声念了起来，声音朗朗，口齿清楚，居然一口气念完了。众人赞声不绝，陈老师也笑眯了眼，当众给晓锋发了两倍的奖赏。最后，陈老师还宣布，凡是十三岁以下的娃娃获胜者，奖品一律加两倍。

从第二天起，陈老师的面店来了不少娃娃，都是从学校退出去的，他们念过几天书，得奖的机会比大人高。但陈老师一天一个花样，竞赛内容不断更新：猜谜，背古诗，解方程，识地图……难度一天天增大，娃娃们兴趣越搞越浓，不过很快的，他们就觉得自己那点知识远远不够用了。在陈老师的鼓动下，娃娃们都跑回去缠着家长，要回学校读书长知识。大人们呢，眼见陈老师搞知识竞赛，不费什么力就把个面店的生意搞得红红火火，很快将周围几家面店都比下去了，他们终于悟出一个道理：做生意也得靠学问啊！钟不敲不鸣，人不学不灵，于是纷纷把自己的娃娃又送进学校读书。

眼见回校学生一天天多起来，于是陈老师又回到学校，依然教他的书去了。

（赵伯蒂）